K・M・ワイランド―著
シカ・マッケンジー―訳

キャラクターからつくる物語創作再入門

「キャラクターアーク」で読者の心をつかむ

K.M. Weiland | Shika Mackenzie

CREATING CHARACTER ARCS

The Masterful Author's Guide to Uniting Story Structure, Plot, and Character Development

FILM ART
フィルムアート社

キャラクターからつくる物語創作再入門　目次

四章　キャラクターアークについての、よくある質問

イントロダクション

人物の心の変化をストーリーの中で構成できますか?

人物が素晴らしい変化を遂げるストーリー。それを書く秘訣があるなら、皆さんは知ってみたいと思うでしょうか。読者の心をつかんで揺さぶり、趣味の域をはるかに超えた深みのある作品が書きたいなら、答えはもちろん「イエス!」でしょう。

この本では人物がたどる変化の軌跡を「キャラクターアーク」と呼んでお話ししていきます。実はこのキャラクターアークは「あって当然」と思われがちなもの。なぜなら、アークの本質は三つの文で言い表せてしまうからです。

1　主人公がある状態で登場する。

2　主人公が物語の中で何かを学ぶ。

3　主人公が（おそらく）前よりよい状態になる。

これがキャラクターアークの基本です。確かに単純で当たり前に聞こえますね。でも、ストーリーテラーが知っておくべきことは山のようにあるのです。

――キャラクターアークとストーリー構成との関係

物語を作る時、人物とプロットを分けて考える人は多いでしょう。すると、プロットの運びを重視したい局面で、人物の心情を二の次にする時も出てきます。でも、プロットと人物は一心同体。どちらか一つをおろそかにすればストーリーは危機に陥ります（また、両者を切り離して考えるだけでも危険です）。プロットだけが褒められる作品、あるいは人物像だけが褒められる作品は書けるかもしれません。しかし、総合的に素晴らしいまとまりがある作品は書けるでしょうか。

プロットの構成を考える人はたくさんいますが、登場人物とそのアークに対する意識は曖昧になりがちです。というのも、人物を素直に描いていけば心情の移り変わりは自然に表れるはずですから。「キャラクターの内面の変化や成長の推移も構成して下さい」と言われたら、物語を書くのもなんだか窮屈に感じられそうです。

確かに、そうです。内面の移り変わりまで考える必要はなさそうですよね。

実は、それは誤解なのです。「プロットと人物は一心同体」というのはプロットの「構成」と人物の「アーク」が一体だということ。ロバート・マッキーの名著『ストーリー　ロバート・マッキーが教える物語の基本と原則』（越前敏弥訳、フィルムアート社）にはこうあります。

構成と登場人物のどちらが重要かという問いには意味がない。というのも、構成が登場人物を形作り、登場人物が構成を形作るからだ。このふたつは等しいものであり、どちらが重要ということはない。

すでに物語の構成術に触れたことがある方は、キャラクターアークの構成についてもご存じかもしれません（私も前著『ストラクチャーから書く小説再入門』でご紹介しています）。主要なプロットポイント（プロットの転換点）は人物のアクションとリアクションをめぐって展開します。マイケル・ヘイグの著書『Writing Screenplays That Sell（売れる脚本を書く：未邦訳）』には次のように書かれています。

物語の三つの幕は主人公のモチベーションの変化の三段階と一致する。主人公のモチベーションが変わるところを探せば、幕の切り替わりがわかる。

人物がプロットを動かし、プロットがキャラクターアークを作ります。両者は切っても切れない関係にあるのです。

――人物とテーマはつながっている

さらに嬉しいことに、人物の内面の移り変わりはテーマにもダイレクトに反映されます。ある意味で、キャラクターアークとテーマは同じと言えるかもしれません。

ストーリー作りで最も大切な要素は構成、テーマ、人物です。この三つは互いに関連し合って成立します。むしろ単体では機能できません。共生するのです。

三つを合体させて考える必要があるからストーリー作りは複雑。しかし、三つをまとめて考えれば単純化できる、とも言えます。三つの要素は一体ですから、完成したプロットが優れていれば、人物もテーマも優れたものになるはず。人物の内面の移り変わりがしっかり構成できれば、プロットもテーマも安定します。

キャラクターアークには三つの基本形がある

人物設定のバラエティは無限にありますが、キャラクターアークは基本的に三種類に絞れます。その中でいくつかバリエーションがあるだけです。

ポジティブな変化のアーク（以後、ポジティブなアーク）

最も好まれ、共感を得るアークです。何かに対して不満や否定的な考えを抱く主人公が困難に出会い、自分の中のネガティブな側面を克服（その結果、敵対者も倒す）。主人公がポジティブな変化を遂げ、ストーリーが終わります。

フラットなアーク

初めから主人公のあり方がほぼ完成されているアークで、これも人気作品に多いパターンです。ヒーローは大きな成長や変化をほとんど必要としないため、アークはフラット（平坦）であり固定的。むしろヒーローに触発された脇役たちが成長し、周囲をとりまく世界が変化します。

ネガティブな変化のアーク（以後、ネガティブなアーク）

多くのバリエーションがありますが、基本的には「ポジティブなアークの逆」で、人物が転落します。ポジティブなアークでは欠点がある人物がよい方向に成長しますが、ネガティブなアークの人物は最初よりも悪い状態になって終わります。

三つの中で最も複雑なのはポジティブなアークです。これをマスターすれば残りの二つも理解しやすいですから、まずはポジティブなアークについて説明していきますね。

キャラクターアークを作るには、まず何を考えればいいか。ストーリーの構成とはいつ、どのように関係し合うのか。結局のところ、キャラクターアークはどんな働きをするか。作品の長さや内容、ジャンルに関わらず、優れたキャラクターアークを確実に作る秘訣とは何か。それをこれからお話ししていきましょう。

一章　ポジティブなアーク

「いつだって真実は少なくとも二つある」

——コラム・マッキャン

1 人物が信じ込んでいる「嘘」

人は変化を嫌います。人生を変えたいと思っていても、いざとなると心が揺れる。そして結局、「このままでいる方が楽だ」と思う自分に気づきます。

それはストーリーの登場人物も同じで、変化に対してかたくなに抵抗します。むしろ、ストーリーにとってはその方が好都合。なぜなら、抵抗はコンフリクト（葛藤、対立）を生むからです。そして、コンフリクトからはプロットが生まれます。このことだけを見てもキャラクターアークとプロットが関連しているのがわかりますね。その関連性がはっきり見えない場合でも、プロットは人物の内面の変化を映し出しているはずです。

プロットは主人公の七転び八起きの軌跡と呼べるでしょう。ほしいものが手に入らず、何度も挑戦する人間の姿を映し出します。

ポジティブなアークは優先順位の変化の軌跡でもあります。プロットが進むにつれて、ほしいものがなぜ手に入らないのかに気づいて変わるのです。何度も失敗する原因は、次の二つのどちらかです。

a　それをほしがること自体が間違いだから。

b　自分の考え方や方法がことごとく間違っているから。

『Dramatica: A New Theory of Story（ドラマティカ　物語の新しいセオリー：未邦訳）』の著者メラニー・アン・フィリップスとクリス・ハントリーはこう述べています。

ストーリーと関係のない問題を主人公に与えて失敗する作家はたくさんいます。それは、彼らがストーリーと人物の内面を別々に考えたからというより、おそらく、ストーリーを作った後で人物の掘り下げが足りないと気づいたことが原因です。

――人物が信じ込んでいる「嘘」

アークは「人物が信じ込んでいる嘘」をめぐって展開します。今の生活がどうであれ、どんな人物も自分に「嘘」をついています。

何かが欠けていて、変化を必要とする状態。それがポジティブなアークの始まりです。人物にどこか不完全なところがあるのは、生まれた境遇や住む環境のせいではありません。強制収容所にいるから心を病むとは限りませんし、豪邸に住んでいるから幸せとも限りません。逆に、裕福な暮らしの人物が、希望もなくみじめな思いをしているかもしれません。

人物の不完全さとは「内面」の未熟さを指します。自分や世界に対して間違った思い込みがある状態です。次節で詳しく説明しますが、この未熟さが人物を悩ませる障害となってプロットが展開します。最初は心のよりどころにしていたものが、ストーリーが進むにつれて決定的な弱点に変わっていく、という流れです。

第一幕で人物はそれを気にしておらず、自覚もほとんどしていません。インサイティング・イベント（全体の十二パーセント経過地点）やプロットポイント1（全体の二十五パーセント経過地点）で状況が揺らぐまで、自分の欠点に無頓着で、間違った「嘘」に固執さえしています。第一幕では主人公の「普通の世界」（詳細は第5節）を描き、主人公の内面がいかに「嘘」で固められているかを提示します。

「嘘」とは何か

人物の「嘘」にはさまざまな形があります。映画や小説の例を挙げましょう。

『マイティ・ソー』…強い者が正しい。

『ジェーン・エア』…相手に服従しなければ愛してもらえない。

『ジュラシック・パーク』…子供は面倒で手がかかる。

『ウォルター少年と、夏の休日』…大好きな人たちは嘘をつく。

『トイ・ストーリー』…気に入られなければ価値がない。

『スリー・キングス』…人間よりも富が大切だ。

『フーリガン』…弱者は強者のいいなりである。

『おつむて・ん・て・ん・クリニック』…注目してもらうには変人でいなくてはならない。


「嘘」とは、ある特定の考え方で、一つの文で表せます。ジェーン・エアのように条件を示す場合もあります。「自分には愛される価値がない」という意識が根底にあり、「自分を犠牲にすれば愛してもらえるはずだ」と信じ込んでいます。

「嘘」が引き起こす症状

人物の「嘘」を見つけましょう。プロットの中で、人物どうしの意見の相違や摩擦、葛藤に「嘘」が表れているかもしれません（次節で「WANT」と「NEED」の違いを取り上げ、さらに詳しく述べます）。また、人物のアクションとリアクションから「嘘」が感じ取れるかもしれません。特に、次のようなリアクションは大きなヒントになります。

○恐怖
○深く傷つく
○許せない
○罪悪感

○ひどい隠し事
○過去の行為や、つらかった出来事を恥じる

これらの反応は「嘘」から生まれることがよくあります。自分の「嘘」に気づいていない人物でも、これらの「症状」は自分で意識しているはずです。不愉快で消したい症状なのに、同じことでくり返し悩んでしまう。それは人物が思い込んでいる「嘘」が消えていないからです。

中世を舞台にした私の小説『Behold the Dawn（暁を見よ）』の主人公マーカス・アナンが信じている「嘘」は「世の中には絶対に許されないほど重い罪がある」。彼の「嘘」は罪悪感や後悔、隠し事、破滅的な生き方といった症状を引き起こします。本当は自分の罪を許して幸せになりたいのですが、「嘘」を払拭できずにいます。

アンジェラ・アッカーマンとベッカ・バグリッシ著『性格類語辞典　ネガティブ編』（滝本杏奈訳、フィルムアート社）には「嘘」がもたらす症状の例がたくさん載っています（キャラクターアークにも触れています）。いい症状や「嘘」が思いつかない時は参考にして下さい。

人物が信じ込んでいる「嘘」の例

『クリスマス・キャロル』（チャールズ・ディケンズ作）…「人の値打ちは稼ぎの額で決まる」と信じるエベネーザ・スクルージはクリスマスイブに恐ろしい目に遭う。

『カーズ』（ジョン・ラセター監督）…ピクサーの映画の中で私が個人的に一番好きな作品。レースカーの

ライトニング・マックィーンは自己中心的で、「人生はワンマンショー」と信じ込んでいる。

クエスチョン

1　主人公は自分や世界に対してどんな誤解をしているか？
2　その誤解のせいで思考や感情、精神に何が欠けているか？
3　内面の「嘘」はどんなふうに周囲に表れているか？
4　冒頭で人物は「嘘」のせいで困ったり悩んだりしているか？　どのように？
5　冒頭で人物が特に困っていなければ、インサイティング・イベントやプロットポイント1で「嘘」の影響が見え始めるか？
6　人物の「嘘」をもっと具体的にするために、他の物事や人物の同意や裏づけが必要か？
7　人物の「嘘」が引き起こす症状は？

人物が信じ込んでいる「嘘」はキャラクターアークの基礎であり、主人公の世界が抱える問題点でもあります。これがうまく設定できたら、次はそれをどう正していくかを考えます。

「二つの魂が、ああ、わが胸にあり
支配をめぐって争うだろう」
――ヨハン・ヴォルフガング・フォン・ゲーテ

2 人物の「WANT」と「NEED」

人物が信じ込んでいる「嘘」はアークの理由や原因となります。初めから人物の心が「真実」に従っていれば、変化する必要はありません。「嘘」は人物の心に巣食う虫歯にたとえられるでしょう。外から見れば白くてピカピカ。でも、中は腐っています。ドリルで掘って治療するべきですが、いそいそと歯医者さんに行く人はいないでしょう。

虫歯の治療を億劫に思う人と同じように、人物も現実を否定します。違和感のある歯をこっそり舌でなぞったりしているのに、解決すべき問題があるのを認めたがりません。「嘘」がもたらす痛い現実から目をそらそうとして、人物は矛先を他に向けようとします。メラニー・アン・フィリップスとクリス・ハントリーは次のように述べています。

人物が向かう先は真の解決ではなく、結局は「解決だと自分で思っていること」だと判明します。

問題だと思っていたことは単なる症状でしかなく、真の問題とは別物だと気づきます。

「嘘」は人物の「NEED」と「WANT」の相違を生み、生き方やストーリーに影響を及ぼします。「NEED」とは人物が本当に必要としている「真実」。「WANT」とは人物が手に入れたがっているもので、表面的な解決のために追い求めているものです。

人物が手に入れたがっているもの

キャラクターアークとプロットの最初の交差点は「主人公のゴール（出したい結果）」です。主人公は何を求めているでしょうか。ストーリーの中で、どんな結果を出したいと思っているでしょうか。世界征服？ 結婚？ 生き残ること、または死ぬこと？ 昇給？

どんな物語もキャラクターが目指すゴールと共に始まります。プロットのことだけを考えるなら、そんなふうにシンプルです。しかし、人物の面では、どう考えればいいのでしょうか。

ここからが面白いところです。さっき挙げたようなゴールはあくまでも表面的なもの。ゴールをキャラクターアークと編み合わせるには、人物が心の奥深くで必要としているものを見つけなくてはなりません。「世界を征服したい」や「婚活を成功させたい」だけなら誰だって同じでしょう。主人公の魂の奥底にある理由が必要です。それは主人公自身も説明できないほど、深層心理に埋もれているかもしれません。

「その深い理由の根底に『嘘』が隠れているのかな？」と思った方は、まさに正解です。

主人公は自分の問題にうっすら気づいているかもしれません。貧困（例：チャールズ・ディケンズ作『リトル・ドリット』）や裕福でも心が満たされない（例：ジョン・タートルトーブ監督の映画『キッド』）など、はっきりわかる部分もあるでしょう。主人公が気づけていないのは、真の解決方法――自分にとって本当に必要な「NEED」です。主人公はその価値に気づいていません。自分が思う「WANT」さえ手に入れれば人生はすべてうまくいくと思っています。

人物がほしがっているものは何か

「WANT」はほぼ例外なく、他人から得られるものや物質的なものです。人物は外からそれを手に入れて、自分の心の穴を埋めようとします。手当てが必要なのは心の病なのに、腕にギプスをはめようと奮闘するようなもの。見当違いのゴールを目指し、憧れの仕事や美しい妻、新しいゴルフクラブなどをほしがります。お金持ちになりたい、強くなりたい、愛されたい、尊敬されたい――その夢が叶えば満足できるに違いない、と思っています。

「WANT」を求めるのは愚かに聞こえるかもしれませんが、望みそのものに価値がないわけではないのです。例を見てみましょう。

『マイティ・ソー』…王になる。
『ジェーン・エア』…愛される。
『ジュラシック・パーク』…安心して恐竜の化石を調査する。

『ウォルター少年と、夏の休日』…母親と一緒にきちんとした家庭で暮らす。
『トイ・ストーリー』…アンディ少年のお気に入りのおもちゃになる。
『スリー・キングス』…自由で幸福な暮らしに必要なお金を得る。
『フーリガン』…大学を卒業する。
『おつむて・ん・て・ん・クリニック』…精神の病を治療する。

どれも、きちんとしたゴールです。問題は、人物たちがこれらのゴールを目指して頑張るほど、ますます自分の「嘘」に縛られていくことです。「嘘」の価値観や世界観をもっている限り、真の幸せや満足を追求することはできません。魂の闇を見つめようともせず、ただ何かをほしがっているだけです。

人物にとって必要なもの

人物にとって必要なものをひとことで表すと「真実」です。「嘘」の誤った観念の解毒剤のようなものであり、人生で最も大事なものです。「真実」を見なければ、人として心の成長はできません。同じ失敗をくり返し、さらに悪い状況に転落する可能性もあります（パート3「ネガティブなアーク」で説明します）。

プロットの上では、人物は自分がほしいもの（「WANT」）を求めてストーリーの大部分を進みます。しかし、ストーリーが深いレベルで伝えようとすることは人物の成長です。初めのうちは、自分に何が必要か（「NEED」）に気づかず行動しているけれど、徐々にそれを意識するようになり、最終的には本当に必要なものを選びます。

――人物に必要なものは何か

「NEED」は形がないものです。でも、具体的なものや目に見える形で表現できますし、そうするのが理想的です。本質的には、人物がただ何かに気づくだけでいいのです。その後、表向きの生活がまったく変わらない場合もありますが、人物は認識のしかたを変え、問題を乗り越える力を得ます。

「NEED」に気づくと、もはや「WANT」を追い求める気にはなれません。「WANT」を捨てなくてはならない時が来るでしょう。心にとって必要なものを選び、ほしかったものをあきらめる、ほろ苦い結末もありえます。逆に「NEED」を選んだためにパワーアップでき、前から目指していたゴールに突き進むストーリーもあります。表面的なレベルの「WANT」と内面の深いレベルの「NEED」が調和してフィナーレへと向かいます。

人物の「NEED」の例を挙げましょう。

『マイティ・ソー』…謙虚さと思いやりを学ぶ。
『ジェーン・エア』…魂の自由を受け入れる。
『ジュラシック・パーク』…過去の遺物の脅威から、生きている者たちの未来を守る。
『ウォルター少年と、夏の休日』…人を信じる。
『トイ・ストーリー』…アンディ少年の愛を分かち合う。

『スリー・キングス』…戦う意義を見出す。
『フーリガン』…自分のために戦う勇気を出す。
『おつむて・ん・て・ん・クリニック』…ありのままの自分として愛される。

これらはみな形のない概念ですが、人物がそれに気づいて受け入れると、必ず行動に表れます。その結果、具体的な形や目に見えるものとして表現されるのです。

人物の「WANT」と「NEED」の例

『クリスマス・キャロル』…守銭奴スクルージの「WANT」はお金で、そのために人々を苦しめても平気。「NEED」は人々への愛こそ真の富だと思い出すこと。
『カーズ』…ライトニング・マックィーンの「WANT」はピストン・カップで優勝してダイナコ石油に移籍すること。「NEED」はみんなと助け合うこと。

クエスチョン

1　人物は「嘘」をどうやって隠しているか？
2　「嘘」のせいで人物はどのように不幸、あるいは不満か？
3　「嘘」を払拭するために必要な「真実」は？

4　どうやってその「真実」を知るか？
5　人物が何よりも一番ほしいもの（「WANT」）は？
6　プロットの結末と人物の「WANT」の関係は？
7　人物は「WANT」さえあれば問題は解決すると思っているか？
8　「WANT」のために「NEED」を見失っているか？
9　「NEED」があるために「WANT」が得られないのか、「NEED」を見出した後でしか「WANT」は得られないのか？
10　「NEED」を受け入れると、人物の人生はどう変わるか？

主人公の内面で「WANT」と「NEED」が衝突するほど周囲との対立も激しくなります。人物の内面の葛藤をしっかり把握すれば、プロットにもうまく反映できるでしょう。

「いたましい歴史を
なかったことにはできないが
勇気を出して向き合えば
その痛みをまた味わう必要などないことがわかる」

――マヤ・アンジェロウ

3　人物の「ゴースト」

人物の「ゴースト」と、それがアークに及ぼす影響を知りましょう。「嘘」と「WANT」、「NEED」が設定できたら、「なぜ『嘘』を信じるようになったのか」を考えてみて下さい。人物の現在や過去を眺めると、今も心に暗い影を落とす亡霊のような想念がありはしないでしょうか？

フィクション創作に確かなルールが一つあるなら、「すべては原因によって引き起こされた結果である」ということ。人物が変化するなら、その変化を促す原因があるはずです。自分のためにならない「嘘」の価値観を信じ込むのは、過去に何があったからでしょうか？

人間は強い生存本能をもっています。快適さや安全を求めて行動します。その反面、自分を傷つけるような選択もします。生活を維持しようとし過ぎるあまり、無意識に何かを犠牲にしているかもしれません。仕事を優先し過ぎて人間関係や健康にダメージが及んでも、本人は「業績を上げるためにはやむをえない」と、自分のやり方を正当化してしまいます。

それが自分に「嘘」をつくということですが、それには必ず理由があります。人生のある一面を生き残らせるために、他の面を犠牲にするのはなぜでしょう？　理由がはっきりわかる場合もありますが（例：生活費を得るため）、自分でもわからないほど、心の奥に隠れている場合もあります（例：父親からのプレッシャー。「お前は甲斐性なしだ」と言われたとおりの人間になるのが怖い）。

理由がわかればゴーストが見つかります。

人物のゴースト

「ゴースト」とは人物の暗い過去を指す映画脚本術の用語で「wound（ウーンド、心の傷）」とも呼ばれます。『性格類語辞典　ネガティブ編』でアンジェラ・アッカーマンとベッカ・バグリッシは次のように説明しています。

周囲に対し、心の傷はしばしば秘密にされる。なぜかというと、その傷の中に深く根づいているものは嘘（キャラクターが信じ込んでいる、真実ではないこと）だからである。（中略）たとえば、強盗に押し入られて、婚約者を銃撃から守ることができなかった（心の傷）のため、自分は人を愛するのに値しない（嘘）という思い込みを抱えた男がいたとする。彼は、ほかの女性たちが自分に引きつけられないような属性や気質を身につけるかもしれない。

恐怖に満ちたショッキングな体験もゴーストになりえます（例：ローランド・エメリッヒ監督の映画『パト

リオット』のベンジャミン・マーティンが体験した大虐殺、ロバート・ラドラムの小説『暗殺者』のジェイソン・ボーンの暗殺者としての過去)。もっと身近な体験では失恋(例:ジェーン・オースティンの小説『説得』)や親子関係のストレス(例:バリー・レヴィンソン監督の映画『レインマン』)、身体についての劣等感(例:映画『モンスターズ・ユニバーシティ』の主人公マイク・ワゾウスキ)もゴーストになりえます。

「嘘」が大きく破壊的になるほど「ゴースト」もショッキングになり、大きな影響を及ぼします。また、「ゴースト」が大きいほど「嘘」もアークも大きくなります。

バックストーリーの中で「ゴースト」を設定し、物語の進行につれて少しずつ実態を明かす書き方もあります。そのような作品では「ゴースト」がとても魅力的な謎になります。「嘘」を信じる人物の不可思議な姿をフックにして読者の好奇心をそそり、ヒントを小出しにして、最後に種明かしをするといいでしょう。

「ゴースト」を探しても見当たらない作品もあります。人物に過去があることは想像できても、踏み込んだ描写はなされません。「嘘」を招いた過去がそれほど面白くなさそうな場合、作者があえて触れないこともあります。

「ゴースト」の影響力を示したい場合、対立関係のあるドラマ的なシーンを冒頭に置き、プロローグのような形で見せることも可能です。サム・ライミ監督の映画『スパイダーマン』第一作目やクリストファー・ノーラン監督『バットマン ビギンズ』など、人物の登場を打ち出す作品を思い出していただくとよいでしょう。主人公のモチベーションを「ゴースト」でまず説明し、その後で本筋に入っています。

こうした作品では、おそらく第一章の最初で人物は「嘘」を信じていないように見えるでしょう。「ゴ「ゴースト」が登場して「普通の世界」を変えると、人物は自分の新しい考え方や行動が正しいかどうか迷い始めます。『神話の法則　ライターズ・ジャーニー』（ストーリーアーツ&サイエンス研究所、岡田勲／講元美香訳）でクリストファー・ボグラーはこう述べています。

他のストーリーでのヒーローは、第一幕で親友や家族がさらわれたり、殺されたりするまで大きな欠点を見せない。

人物の「ゴースト」を見つける

「ゴースト」の形はさまざまです。例を挙げましょう。

『マイティ・ソー』…幸か不幸か、王になるべくして生まれた。
『ジェーン・エア』…伯母から愛されなかった。
『ジュラシック・パーク』…描写なし。
『ウォルター少年と、夏の休日』…母はひどい嘘つきである。
『トイ・ストーリー』…気に入られないおもちゃは悲惨な末路をたどる。
『スリー・キングス』…軍隊で手柄を上げてもむなしい。
『フーリガン』…父親の不在。
『おつむて・ん・て・ん・クリニック』…離婚。

人物の思い込みも「ゴースト」になりえます（例：『ジェーン・エア』のジェーンは伯母に「ろくでなしの、ひねくれ者」と言われ、自分もそれを信じ込む）。その他にも、主人公がとった恐ろしい行動や（例：映画『パトリオット』）、自分や恋人や家族が受けた仕打ち（例：『スパイダーマン』）、恐ろしい結果を招くとは知らずに享受していること（例：『マイティ・ソー』）もゴーストとして設定が可能です。主人公が間違った考え方をするようになった原因を探せば「ゴースト」が見つかります。

人物の「ゴースト」の例

『クリスマス・キャロル』…本物の幽霊たちが守銭奴スクルージの前に現れる。彼のバックストーリーの「ゴースト」を見せてくれるのは「過去のクリスマスの幽霊」。幼少期のスクルージは冷酷な父によって寄宿舎に入れられ、クリスマス休暇でさえ帰省させてもらえず、みじめでつらい思いをした。

『カーズ』…ライトニング・マックィーンの「ゴースト」は語られないため不明。実況のアナウンサーが「今シーズン初参戦、注目の新人」と紹介するだけで、マックィーンがなぜ人に頼ることをかたくなに拒否するかは明かされない。

クエスチョン

1　人物が「嘘」を信じ込んでいる理由は？
2　トラウマになっている出来事はあるか？

3　なければ、トラウマになるような大きな出来事が第一幕で起こるか？
4　「嘘」を強化するような物事を好む理由は？
5　「真実」を知ればどんなよいことが得られるか？
6　「ゴースト」の深刻度は？　より大きく深刻にすればアークを強化できるか？
7　どこで「ゴースト」を提示するか？　初めの段階で一度に見せるか、少しずつ姿を見せて最後に大きく提示するか？
8　そのストーリーは「ゴースト」について書くべきか？　書かない方がよいか？

どんな人物にも興味深いバックストーリーがあるものです。これからは、特に「ゴースト」に注目して下さい。「嘘」を信じるようになった経緯がわかれば、「嘘」がもたらす問題の解決への手がかりも見えてきます。

「人々を連れてきて
旅をさせ
危機を与えて
彼らの真の姿を見出すこと」

——ジョス・ウィードン

4 人物の「特徴が表れる瞬間」

第一印象は大事です。主人公の「特徴が表れる瞬間（Characteristic Moment）」は人物像を読者に印象づける最初のチャンス。本書をここまでお読みいただいた皆さんは、人物の「嘘」と「WANT」、「NEED」と「ゴースト」で内面の葛藤が設定できるようになりました。キャラクターアークの基本もわかり、人物の物語を「執筆」する準備ができました。

キャラクターアークの構成は「特徴が表れる瞬間」で始まります。ここから私の説明も、プロットの構成とキャラクターアークを合わせてお話しする形にいたしましょう（構成の基本は前著『ストラクチャーから書く小説再入門』をご参照下さい）。「特徴が表れる瞬間」（ならびに次節で述べる「普通の世界」）はプロットの「フック」と重ねます。第一章あたりの早いタイミングで、主人公が何かをする時の描写で特徴を表現します。

「人を見かけで判断してはいけない」と言いますが、私たちは結構、人を見かけで判断しています。フィクションを読む時などは特にそうで、第一印象の影響はストレートに出ます。作者の名前を聞いたことがない。キャッチコピーがどれだけ本当かもわからない。そういった本を手に取れば、読者の関心は主人公が登場した瞬間の行動に向かいます。どんな人柄か。好きになれそうか。面白そうな人物か。答えがノーなら「読みたくない」と判断します。

それは書き手が「特徴が表れる瞬間」をしくじった、ということです。その失敗は作品全体の失敗につながります。

主人公の「特徴が表れる瞬間」

「特徴が表れる瞬間」には次の使命があります。

1 主人公を紹介する。
2 (提示する場合は) 主人公の名前を明らかにする。
3 主人公の性別、年齢、国籍、職業などを示す。
4 身体的な特徴を描写する。
5 ストーリーの中での役割を示す (例:主人公であること)。
6 性格の特徴的な面を描写する。
7 読者の共感、関心をつかむ。
8 主人公がシーンの中で成し遂げたいゴールを伝える。
9 主人公がストーリーの中で成し遂げたいゴールを伝える。

10　主人公の「嘘」を提示する。ヒント程度でもよい。
11　プロットを動かす。描写でプロットを動かせないなら、少なくとも、後の出来事に対する伏線を張る。

物語の出だしのシーンで書くべきことは、こんなにたくさんあるのです（プロット構成で要求されるものを加えると、さらに大変）。どうりでオープニングを書くのは難しいわけですね！　「特徴が表れる瞬間」は芸術にも匹敵します。ありきたりのもので妥協せず、次のような出来事を選びましょう。

1　読者にとって主人公が魅力的に見える。
2　主人公の長所と短所の両方が紹介できる。
3　プロットを先に進ませる。

読者を人物に惹きつける

「特徴が表れる瞬間」のポイントを三つに絞りましたが、注意点は他にもあります。オープニングではできるだけ早く、人物に「欠けているもの」を示さなくてはなりません。「嘘」が引き起こす問題を紹介せねばならないのですが、物語が始まってすぐに人物のネガティブな面を前に出すと、読者の心を遠ざけてしまいます。前出の著書でマイケル・ヘイグもこう述べています。

読者が共感を避けたがるほどの短所を描く前に、主人公の人物像をしっかり知らせておくべき。

エンディングで勇気や正直さを見せたり、献身的になったりするなら、オープニングではそうした態度がない状態を描かなくてはなりません。しかし、人物がいきなり卑怯な態度やわがままさを見せたり、嘘をついたりすれば、読者は感情移入しにくくなります。では他に、どんな「特徴が表れる瞬間」の描き方があるのでしょうか？　ポジティブに変化して終わりたいなら、出だしでやはり問題点を出さねばなりません。

確かにそうなのですが、オープニングで最も大事なことは読者の関心をつかむことです。「欠点はあるが全般的に好かれるタイプ」をスタートラインとして考えていきましょう。主人公のどんな面が好かれるかを考え、その面をシーンで打ち出す方法を考えます。「いい人」として登場しなくても、面白ければいいのです。ディズニーのアニメーション映画『トレジャー・プラネット』（ロン・クレメンツ／ジョン・マスカー監督）の主人公は反抗的な少年ですが、宇宙船の中で能力や勇気があるところを披露しています。映画『キッド』でブルース・ウィリスが演じる主人公の毒舌ぶりはあまりにもひどく（しかも、彼の発言は的を射ているので）逆に注目したくなります。

記憶に焼きつくシーンを描く

表現を大きくしましょう。人物のやさしさを表現するのに「野良犬をなでる」だけで済ませるのはもったいないです。混雑した交差点で幼児が泣いているのを見かけたら、人物はどうするでしょうか？

人物の強気な性格を表現するのに「偉そうに歩く」だけで済ませず、不良のグループにけんかを売って勝つ（または勝ちかける）ところなども想像し、ふさわしいものを選んで鮮やかに描いて下さい。

「特徴が表れる瞬間」で人物の「嘘」も表現できれば理想的ですが、それが難しい場合もあります。プロットを展開させるのに精一杯で、オープニングで書くべきことを書くのが先決という時です。その場合は、可能な限り早く「嘘」を提示するしかありません。「嘘」はキャラクターアークの枠組みですから、ストーリー全体の枠組みでもあります。読者に人物の欠点が伝わらないうちは、人物が何に挑むストーリーかも伝わりません。

「特徴が表れる瞬間」とは何か

主人公の「特徴が表れる瞬間」の例を挙げましょう。

『マイティ・ソー』…幼少期、父のようになって「どんな敵とも戦う」と誓う。成人後のシーンでは帝位継承の場に進み出る途中で生意気な表情をする。主な性格と「嘘」、「WANT」を表している。

『ジェーン・エア』…家族の輪に入れてもらえず一人で本を読むが、いとこからのいじめには毅然として言い返す。「ゴースト」と主な性格が表現されている。

『ジュラシック・パーク』…グラント博士が先端的な世界になじめないことと、子供嫌いであることを発掘調査のシーンで表現。主な性格と「嘘」、彼が最もほしい「WANT」が表れている。

『ウォルター少年と、夏の休日』…母の言葉が信用できず、何もかもを恐れる（特に農場のブタ）。ウォルターの「嘘」と「WANT」、克服が必要な弱点が示されている。

『トイ・ストーリー』…ウッディがアンディ少年のお気に入りだった頃の回想場面。ウッディは「覚醒」すると冷静に他のおもちゃたちに指示を出し、統率力を発揮。彼の「WANT」と主な性格が表れている。

『スリー・キングス』…報道記者に対する皮肉で器用な対応が「ゴースト」と性格を表す。

『フーリガン』…不当に責められたことを恨みながら去る。青年マットの「嘘」と彼が最もほしい「WANT」が表れている。

『おつむて・ん・て・ん・クリニック』…必死になって朝の身支度をするユーモラスな様子。ボブの「WANT」と性格の主要な面が描かれている。

「特徴が表れる瞬間」で二つの側面を描く時もあります。『マイティ・ソー』の「特徴が表れる瞬間」は二ヶ所あり、プロローグの一部で幼少期の姿を描いています。『トレジャー・プラネット』もプロローグで幼少期の描写をし、その後、現在の人物の「本当のノーマルな」状態を再び紹介しています。『ジェーン・エア』と『トイ・ストーリー』は複数の場面を使って人物を多面的に紹介しています。ジェーンは孤独で内気な性格を自分で受け入れている反面、理不尽なことに反発する強さも見せます。『トイ・ストーリー』には「おもちゃは人間に従う。人間に見られている時は動いてはならない」というロジックがあるため、「アンディ少年に好かれたい」というウッディの願望は「アンディ少年に好かれる」場面で表現されています。これが物語で最も大事なポイントですが、アンディ少年がその場を離れるとウッディは「覚醒」し、仲間を統率するリーダーシップも披露します。

「特徴が表れる瞬間」の例

『クリスマス・キャロル』…守銭奴スクルージを長い「語り」で紹介（現代の小説ではおすすめしにくい）。スクルージがみじめであることと、人のやさしさとは無縁の生い立ちを明確に伝えている。ドラマとして最初のシーンが始まる頃には、読者は彼の性格が把握できている。彼の店は冷え切っており（暖房といえば従業員ボブ・クラチットが持ってきた一片の木炭だけ）、クリスマスの食事を招待しに訪れた甥は「祝日は人にやさしくすべきだ」と諭すが、スクルージは相手にしない。スクルージの辛辣な物の見方や「嘘」（発言の中でほぼ言い表されている）、お金への欲が即座にわかる。

『カーズ』…「僕はスピード」「勝つのは朝メシ前」というレース前の語りで表現。その後はレースの場面が続き、マックィーンのレースの腕前と、ピットのクルーに対する傍若無人な態度が描かれる。実況中継者が「クルーチーフを次々とクビ。単独が好きらしい」と語り、マックィーンの「嘘」を裏づけている。長いオープニングシーンで彼の長所（レースの腕前）と「嘘」、彼が求める「WANT」（ピストン・カップ）など、マックィーンについて必要な情報がすべて提示されている。

クエスチョン

1　主人公を最もよく表す性格や長所、特技は？

2　その特徴をドラマ的に、フルに表現するには？

3　その特徴の描写を兼ねてプロットを進展させるには？
4　主人公の「嘘」の価値観をどう表現するか？
5　主人公の「ゴースト」を明かせるか。または、ほのめかせるか？
6　そのシーンで主人公が最もほしいもの（「WANT」）が示せるか？
7　主人公はシーンのゴールと物語全体のゴールを追い求め、明らかな障害（例：対立関係に陥る）に遭遇するか？
8　主人公の重要な情報（名前、年齢、外見）をすばやく、さりげなく提示するには？

「特徴が表れる瞬間」を大胆に、鮮やかに描きましょう。読者の記憶に焼きつくように、楽しい人物紹介をして下さい。読者は人物から目が離せなくなるでしょう。

「ストーリーは普通の世界で起こらない――
主人公が自らの選択や出来事によって
平凡な日常とは大違いの、
大変な世界に足を踏み入れた時に起きる」

――チャールズ・ディーマー

5 「普通の世界」

つまらない、古びた「普通の世界」の話を読みたい人はいないでしょう。「失われた世界」なら読んでみたい。「エキサイティングで風変わりでスリルがいっぱいの世界」ならぜひ読みたい。でも、どんな物語を書く時も、まずは「普通の世界」を描かなくてはなりません。「そんな始め方は無駄ではないか」と不思議に思いませんか？

実は、無駄ではありません。キャラクターアークにとっては意味があるのです。

前の節で「特徴が表れる瞬間」について述べました。主人公の登場を読者を惹きつける「フック」とし、「嘘」と「WANT」と「NEED」を紹介するのが使命です。でも、「特徴が表れる瞬間」だけではキャラクターアークは始まりません。その「特徴」が表現される場所の説明が必要です。その場所がもたらす文脈を伝えるために「普通の世界」を描写します。

居場所は人物像の大きな手がかりになります。その場所に溶け込んでいるかどうかで人物のことがわかります。その場所では何が自由で、何が制限されているか。人物はどんな経緯でやってきて、なぜそこにいるか。そこにいるのがいやだとしたら、なぜ、まだ、そこにいるか。こうした点から人物の性格や価値観、長所や短所が浮かび上がってきます。

「普通の世界」はストーリー全体の四分の一（第一幕）にあたる「設定（セットアップ）」で、物語が展開する土台を作ります。人物とプロットの変化を測る基準にもなります。変化する前のスタート地点をはっきりさせないと、以後のアークは曖昧になり、効果を出すことができません。

「普通の世界」

「普通の世界」とは舞台設定です。物語のオープニングの舞台となる場所のことです。その場所で暮らす人物はある程度、満足していますが、それはただの自己満足かもしれません。

「普通の世界」のさまざまな例

「普通の世界」は一見、素晴らしい世界です（例：ティム・バートン監督の映画『シザーハンズ』やカート・ウィマー監督の映画『リベリオン』）。でも、それは絵空事のようなもの。それを眺める人物の価値観もまた歪んでいて、自意識のあり方にもどこか誤りがあります。

安全だけれどつまらない「普通の世界」もあります。主人公はかすかにいら立ちを感じていますが、波風を立てずに暮らしています（例：『スター・ウォーズ　エピソードⅣ／新たなる希望』やロベルト・シュヴェンケ監督の映画『RED／レッド』）。

ひどい世界もあります。たとえ一時的にでも、主人公はその世界に身を置くことを余儀なくされています（例：ジョン・スタージェス監督の映画『大脱走』やスティーヴン・スピルバーグ監督の映画『プライベート・ライアン』）。

「普通の世界」の素晴らしさに主人公が気づいていなかったり、息苦しさを感じている場合もあります（例：『オズの魔法使い』やフランク・キャプラ監督の映画『素晴らしき哉、人生！』）。

あるいは、「普通の世界」の環境が主人公にとって過酷であり、武者修行に出ざるをえない場合もあります（例：ピート・ドクター、ボブ・ピーターソン監督の映画『カールおじさんの空飛ぶ家』やクリス・バック、ジェニファー・リー監督の『アナと雪の女王』）。

「普通の世界」が象徴するもの

「普通の世界」は主人公にとって離れたくない、または離れられない場所であり、冒険に出る前の足場です。たいていの場合、主人公は「普通の世界」がずっと続くと思っていますが、初めから仮の居場所だと意識している作品もあります（例：ジェームズ・キャメロン監督の映画『アバター』）。

「普通の世界」は人物の内面の象徴的な表現だと考えて下さい。主人公が信じる「嘘」が実際にくり広げられ、それを見ている主人公はますます「嘘」を信じます。その世界観がプロットポイント1で揺さぶられると、その世界から出るはめになります。その時が来るまで主人公はずっと「嘘」を信じています。

「普通の世界」の作り方

まず、人物が「嘘」を最も信じやすい世界を想像します。次に、その世界の環境を、「嘘」が楽々とまかり通るように設定しましょう。主人公にとって楽な環境でなくてもかまいません。素直に「嘘」を信じているように見えても、いずれ苦悩を感じる展開になります。

次に、第二幕と第三幕の舞台である「冒険の世界」とのコントラストをつけます。「普通の世界」を去って新天地に移る場合や（例：『ジェーン・エア』。ジェーンはローウッド学院を去り、ソーンフィールドで家庭教師の職を得る）主人公の居場所は変わらず、「普通の世界」の方が変化する場合もあります（例：ピート・ドクター監督の映画『モンスターズ・インク』。人間の少女ブーがモンスターの世界に入ってきてしまい、世界は混乱に陥る）。どちらの場合でも、二つの世界の対比を大きくすればキャラクターの変化もはっきりします。

「普通の世界」は主人公の「ビフォー」を見せる場として重要です。そこがひどい世界なら、主人公は変化せねばなりません。そこが素晴らしい世界なら、その素晴らしさを知るために成長しなくてはなりません。

「普通の世界」とは何か

「普通の世界」には次のような例があります。

『マイティ・ソー』…ソーの思い込みを助長するような、平和で豊かな世界。

『ジェーン・エア』…厳格で冷たい伯母の家と寄宿舎。少女ジェーンは「私は愛されない」という思い込みを強める。

『ジュラシック・パーク』…資金不足がつきまとう、考古学の発掘調査。グラント博士の「嘘」とは無関係だが、強引な誘い（ジュラシック・パーク訪問）を承諾する動機となり、プロットが前進する。

『ウォルター少年と、夏の休日』…二人の大伯父が住む農場。そこがさびれた僻地であることも、ウォルターの不安を強めている。

『トイ・ストーリー』…アンディ少年の部屋。ここではウッディがリーダーとしてふるまえるため、彼が「嘘」を信じるには好都合。

『スリー・キングス』…湾岸戦争休戦直後。人命が軽視され、戦争が産業化された世界への幻滅が強く表れる。

『フーリガン』…アメリカの大学。「人はみな不当に責められ、追放される」というマットの「嘘」が表現しやすい。

『おつむて・ん・て・ん・クリニック』…ニューヨーク。過剰に神経質なボブの性質が想像しやすい。また、「悩みから離れて休暇をとる」というモチーフとのコントラストも感じさせる。


「普通の世界」は実にさまざまです。ソーの世界は力試しができない平和な世界。ジェーン・エアの世界は愛のない陰湿な世界。『ウォルター少年と、夏の休日』の「普通の世界」も居心地が悪そうに見えますが、プロットポイント1を過ぎると素晴らしい世界に変わっていきます。

「普通の世界」の例

『クリスマス・キャロル』…スクルージの「普通の世界」は冷え切った事務所。彼はたった数シリングの暖房費さえ出し惜しみ、寒さを我慢する。彼にとってロンドンの街は自分が育った冷たい家庭と同じ。

スクルージの「嘘」と「WANT」は彼の世界に如実に表れている。作者ディケンズは彼にタイムトラベルをさせて明るい未来と暗い未来の両方を見せ、「普通の世界」と見事なコントラストをさせている。

『カーズ』…ライトニング・マックィーンが活躍する場は世界最高峰のカーレースであるピストン・カップ。熱狂的なファンの声援を浴び、めくるめく興奮と栄光が輝く世界である。後に出てくるラジエーター・スプリングスの錆びついた雰囲気とは大違い。だが、オープニングではマックィーンがほしいものが余すところなく披露されている。彼は迷うことなく「嘘」に従い、自己中心的な態度のために孤立していく。

クエスチョン

1　どんな設定でストーリーを始めるか？
2　その設定はプロットポイント1でどう変わるか？
3　「普通の世界」と「冒険の世界」のコントラストをどうつけるか？
4　「普通の世界」は人物の「嘘」をどう反映しているか？
5　「普通の世界」はどのように「嘘」を生んだり助長したりしているか？
6　人物はなぜ「普通の世界」にいるのか？
7　人物が「普通の世界」を出たくないなら、「嘘」がもたらす違和感をごまかすのに役立っているものは何？
8　人物が「普通の世界」を出たがっているなら、なぜ今すぐ出ないのか？

9　物語の最後で人物は「普通の世界」に帰ってくるか？

10　「普通の世界」が社会的規範上よい場所なら、主人公はそのよさを認めるために、どう変わらなくてはならないか？

「普通の世界」で人物の「嘘」を描き出しましょう。舞台設定の描写に人物の内面のいびつさなどを反映し、魅力的なオープニングにして下さいね。人物を冒険に送り出せるよう、完璧なセットアップをして下さい。

「不都合というものを
正しく捉えれば、冒険である。
不都合とは
冒険に対する誤った見方に過ぎない」

――G・K・チェスタトン

6 第一幕

どんな物語でも私は第一幕が大好きです。変だと思う人もいるでしょう。なぜなら、第一幕ではストーリーがあまり進展しないように感じますし、実際、進展はスローです。そもそも、第一幕は単に設定でしかないですからね。

でも、「単に」「でしかない」という言葉には要注意です。「単に」設定「でしかない」というのは大間違い。設定は大事です。第一幕ではプロットを設定します。さらに大切なのは、キャラクターアークの設定もする、ということです。

前に述べたように、第一幕の設定ですべきことはたくさんあります。でも、人物の「嘘」と「WANT」と「NEED」と「ゴースト」を決め、「特徴が表れる瞬間」と「普通の世界」が決まれば（おつかれさまでした！）、第一幕はわりと簡単にまとまります。

『神話の法則』でクリストファー・ボグラーはこう指摘しています。

ストーリーは三つの幕に分けられる。(1) ヒーローが行動を決意する。(2) その行動をする。(3) 行動の結果が出る、の三段階だ。

第一幕でキャラクターアークに必要な六つのパーツ

ポジティブなアークの第一幕に必要な要素は六つあります。ほとんどは全体の最初の四分の一の分量の中で描けるでしょう。ストーリーの流れに合わせ、よいタイミングで実行して下さい。

1 「嘘」を明確に打ち出す

人物が信じ込んでいる「嘘」を、第一章からしっかり表現しておきましょう。特に、人物の「WANT」と「NEED」の描写から浮かび上がらせることが大事です。また、「特徴が表れる瞬間」と「普通の世界」にも「嘘」を反映すること。人物の内面にある問題が、外側にどう表れるかを読者に伝えましょう。

第一幕の終わりまで「嘘」を描き続けます。「嘘」に複数の側面があれば、一つずつ紹介します。焦って全部を最初の章に詰め込まなくても大丈夫。人物の問題点をちらりと見せて読者の関心をつかみ、第一幕の残りの部分で補足していけばOKです。

例:『マイティ・ソー』で父親は「お前は王になるために生まれた」とソーに言い、「嘘」を真実だと思い込ませる。

2 「嘘」を克服する力があることを示す

物語が始まったらすぐに、人物に変わる可能性が少しでもあることを示しましょう。どんな資質を生かして「嘘」を克服するでしょうか？（アンジェラ・アッカーマンとベッカ・バグリッシの『性格類語辞典　ポジティブ編』が参考になります）。その資質がまだ開花していなくても、オープニングでかすかな芽生えを見せましょう。

例：『トイ・ストーリー』のウッディはバズに警戒心を抱く一方、仲間に対して面倒見がよく、いずれバズとも仲良くなれそうな資質を見せている。

3 最初の一歩を教える

主人公が変わるには、その方法を知らねばなりません。「嘘」とはいったい何なのか、第一幕で主人公にヒントを出しておきましょう。また、気づくべき「真実」にも言及し、来たるべき変化への伏線を張っておきます。

注意：実際に変化を始める必要は、まだありません。人物が自分の問題を認めるのはまだ先。その基礎を第一幕で作っておいても悪くない、という意味です。

例：『おつむて・ん・て・ん・クリニック』でボブはレオの家族写真に強い反応を見せる。彼の回復（愛情と家族）への伏線になっている。

4　インサイティング・イベントを拒否させる

物語の展開のきっかけとなるインサイティング・イベントも人物を描くチャンスと捉えましょう。ストーリーによっては悲惨な出来事（戦争勃発など）もあるでしょうが、ある意味では主人公にとって待望のチャンスでもあります。本人にそのような自覚がなくても、「嘘」を拭い去って新しい人生へと向かう転機です。著書『Plot vs. Character（プロットVS人物：未邦訳）』でジェフ・ゲルケも次のように強調しています。

突発的な出来事にしか見えないものが、後で主人公にとってお誂え向きだったとわかるのが、よいインサイティング・イベントだ。

「人物はあまりいい気がしない」というところがポイントです。それについて考えてはみるものの、「いやだ」とそっぽを向きたくなる出来事がよいのです。人物は「嘘」に浸っている方が好き。出来事にちゃんと向き合えば世界を変えていけますが、人物はそれを嫌がります。居心地は悪いのに、慣れ親しんだ世界を捨てたくありません。

でも、もう遅い！　その出来事は人物を変えてしまったのです。少なくとも、わずかな意識の変化がありました。人物は「自分に問題があるのかもしれない」と思い始めます。その問題が何かはわかりませんが、急に違和感を抱きます。慣れ親しんでいたはずの古い世界は、もう居心地よくありません。

こうした変化を招くインサイティング・イベントは、第一幕の中間で起こすのが適切です。第一幕の初めに人物の紹介と舞台設定をし、それから大きく葛藤させる、という流れです。ただし、最初の頃に起きた出来事がみなメインプロットと無関係というわけではありません。ストーリーの中で起きることはみな、後で起きることの伏線と捉えましょう。

例：『ジュラシック・パーク』のグラント博士はジョン・ハモンド氏の非常識なオファーを断る（氏のテーマパークを視察して「お墨付き」を与えるために、発掘調査を延期することはできない）。ハモンド氏の条件を聞いて前言を撤回するが、最初に見せるためらいはストーリーの感情の上がり下がりの面で重要。

5　「嘘」への態度を進展させる

第一幕が終わる頃になっても、まだ人物は「嘘」にとらわれています。ますます強く「嘘」を信じるほどですが、潜在意識のレベルではせめぎ合いが起き始めています。その結果、「嘘」への態度が変わり始めます。たとえば「大金を稼がなければ自分の価値を認めてもらえない」という「嘘」を信じているなら、「詐欺をやめて、きちんと稼げるようになりたい」と考え始めるなどです。

例：『ジェーン・エア』のジェーンは第一幕の終わりでも「愛されるには仕えなくてはならない」と信じているが、自立を決心。教師としてローウッド学院に残って虐げられるより、別の町で家庭教師の職を得る方を選ぶ。

6　決断させる

第一幕の終わりで人物は何かを決断します。わずらわしい出来事（インサイティング・イベント）に対して何かしようとするのです。この時、人物は二つの世界を隔てる扉をくぐる決心をし、「普通の世界」を離れます（実際に旅立つ場合もあれば、象徴的な意味合いでの旅立ちもあります）。新しい世界には、これまで体験したことのない困難や課題が待ち受けているでしょう。それらを克服した後は、すっかり別人のように変化するでしょう。この流れはプロットポイント1へと続きますので、次の節で説明します。

例：『ウォルター少年と、夏の休日』の第一幕の終わりでウォルターは逃げるのを断念し、大伯父たちと暮らす決心をする。なげやりにそう決めるのではなく、彼はストーリーの中で初めて、自らすすんで農場に住む意志を見せる。

第一幕でのキャラクターアークの例

『クリスマス・キャロル』…スクルージの「嘘」は甥のフレッドや従業員ボブ・クラチット、募金集めの男たち、クリスマスキャロルを歌う人々とのやりとりの中で表れる。最後にジェイコブ・マーレイの幽霊と遭遇し、最もドラマチックな会話を交わす。かすかに親愛の情を見せるスクルージに対し、マーレイは彼がどう考えを改めるべきかを詳しく述べる。この警告がインサイティング・イベントだが、彼は幽霊の説得を聞こうとしない。だが、マーレイが語る地獄の罰はあまりに怖く、真偽を確かめたくなったスクルージは予言された時刻まで起きておこうと決める。

『カーズ』…オープニングで示されたマックィーンの「嘘」は第一幕での彼の態度にずっと反映される。彼が唯一、やわらかい態度を見せる相手は輸送トラックのマック。マックィーンが友だちを作る可能性のかけらが垣間見える。人の忠告に耳を貸さないマックィーンに必要なのは「優秀なクルー」だとレース界のレジェンドであるキングは言う。インサイティング・イベントは同点決勝戦がカリフォルニアで開催されるという通達。マックィーンは勇み立ち、さえないスポンサー「ラスティーズ」に嫌気がさす。その態度は、この後に出てくる「冒険の世界」への拒絶反応と重なっている。そんなことも露知らず、マックィーンは新しいスポンサーを求めて夜更けにカリフォルニアへと走る。

クエスチョン

1 第一幕で人物の「嘘」をどう紹介し、定着させるか？
2 人物の「嘘」とゴール、性格を多重的に描くために第一幕の「余地」をどう生かすか？
3 「嘘」を克服できる資質が潜在的にあることをどう示すか？
4 第一幕で「真実」のどんな面を人物に伝えるか？　その方法は（他の人物からの忠告など）？
5 インサイティング・イベントの出来事は？
6 その出来事を人物が拒絶する理由は？
7 インサイティング・イベントで人物が「冒険への誘い」を拒絶した後、すぐに態度を翻す理由は？

8　第一幕の終わりに向けて、「嘘」への態度はどう変わる？

9　インサイティング・イベントにかかわるために、どんな決断をするか？

第一幕はキャラクターアークの最初の布石。この部分の構築が作品全体を左右します。うまくできれば成功は半分以上見えたも同然。あとは続きを書いていくだけです。物語の世界に読者を引き込み、キャラクターの人生を激変させる冒険へと送り出して下さい。

「後戻りできない状況とは
危機的状況とは限らないと
知っていた者も多かった。
それは谷底であり、長い坂のふもとでもあった。
そこから上り始めた人は
二度と振り返ることがなかったのだ」

――アリステア・マクリーン

7 プロットポイント1

第一幕が設定だとすると、「プロットポイント1」は引き返せない関所にあたります。ここで舞台設定の描写は終わり、ストーリーは「本当の意味で」始動します。「普通の世界」と「嘘」に庇護されていた人物は、そこから抜け出す決意をします。また、そうする以外にないような、切羽詰まった状況でもあるでしょう。

鍵がかかった扉が第一幕と第二幕の間にあるとすれば、プロットポイント1は主人公が鍵を開ける瞬間です。二度と扉を閉じるのは不可能。まさにパンドラの箱のようなものです。

○プロットポイント1は全体の二十〜二十五パーセント経過地点あたり。
○プロットポイント1で第一幕の設定は終わる。
○プロットポイント1で人物は「普通の世界」から旅立つ。

○プロットポイント1もしくはその直後で人物は後戻りできない決断をする。
○プロットポイント1はたいてい大きなシーンになる。スリラーやアクションものでは何かが勃発する。恋愛ものでは初めてのデートなど。

物語にふさわしい出来事を起こし、エキサイティングで印象的な流れにして下さい。

プロットポイント1

プロットポイント1での出来事はほぼ例外なく、人物にとって青天の霹靂です。予想外の出来事は人物に大きなショックを与えます。卒業（例：オースン・スコット・カードのSF小説『エンダーのゲーム』）や脱出トンネルを掘ること（例：映画『大脱走』）、自室に連れて帰った女性が実は王女様だったと気づく（例：ウィリアム・ワイラー監督の映画『ローマの休日』）など、わくわくするような出来事もありますし、殺人（例：リドリー・スコット監督の映画『グラディエーター』）や気分の落ち込み（例：映画『キッド』）、夢をあきらめる（例：映画『素晴らしき哉、人生！』）など悲惨な出来事もあります。

プロットポイント1の前後で人物は三つの決断をするはずです。それらはみな、キャラクターアークに影響を及ぼします。

人物の決断その1：プロットポイント1での出来事が起きる前

プロットポイント1での出来事が起きる前、すでに人物には強く心に決めたことがあるはずです

（例：『オズの魔法使い』のドロシーは家出をしようと決める。『ジェーン・エア』のジェーンは陰鬱な学院を去るため、家庭教師の職を探す）。この決断がプロットポイント1への流れを作ります。決断の瞬間は、まだプロットポイントではありません（前節「6　決断させる」を参照して下さい）。

この決断はプロットポイント1でひっくり返されます（例：オズの国に降り立つ／ロチェスター氏と出会う）。世界はバランスを崩し、完全に壊れます。「普通の世界」が本当に住めない状態になってよそへ行かねばならなくなるか（例：映画『パトリオット』で農園が焼き払われる）、「普通の世界」の変化に従い、新しい人生に踏み出さざるをえなくなります（例：『スパイダーマン』でのベンおじさんの死）。

人物の決断その2：プロットポイント1での出来事が起きている間

プロットポイント1で最も大切なのは人物のリアクションです。傍観するだけでは物語が進展しません。ここで人物が見せる反応を起点として、続く部分のリアクションを描いていきます。分量でいうとストーリー全体の四分の一です。全体のちょうど半分あたりで「ミッドポイント」が到来するまで、人物が状況に対してリアクションする様子を描きます。

ですから、プロットポイント1で人物が最初に見せるリアクションは非常に具体的にすべきです。どういう反応を示すか、人物に決断させましょう。そして、後ずさりせず、扉を開けて第二幕へと進ませます。プロットポイント1を避けるのではなく、出来事の中へと足を踏み込ませて下さい。

人物の決断その3：プロットポイント1での出来事が起きた後

プロットポイント1の出来事に遭遇した人物は、大きく分けて二通りの反応をします。（1）この先どうなるかはわからないが「よし、行くぜ！」と前進する（2）事態をどうにもできず、じたばたしながら引きずり込まれていく。

どちらの場合も、人物がほしいもの（「WANT」）に従い、目指すゴールを早くはっきりさせましょう。プロットポイント1での出来事を受けた人物は、物理的または身体的に何らかの必要性に迫られているでしょう。壊れかけた「普通の世界」の立て直しか、新しい「普通の世界」の発見（特に、プロットポイント1で人物が別の舞台設定に移動する場合）が必要です。

ここでプロット全体のゴールが完全に定まります。これ以降はずっと、ここで定めたゴールに向かい、葛藤や対立を描いていきます。中盤で人物が「このゴールを目指すのは間違いだ」と気づく時もあります（実際にゴールを達成してから気づくか、目指す過程で気づきます）。

人物がどう反応するかを決断するところはアークにも大きく関係します。居心地のいい環境から人物を完全に引きずり出しましょう。そして、「嘘」を徹底的に壊す道へと引き込みましょう。プロットポイント1にふさわしいのは、そうしたことを招く出来事です。人物は何も考えていなかったり、じたばたしたり、おかしな方向に変化しようとしたりするかもしれません。でも、変化への道を進むのは確かです。

平凡な「普通の世界」の安定感や快適さは、間違った「嘘」の信念体系に支えられていました。プロットポイント1での出来事を体験した人物は、もう以前の「普通」に安心できなくなります。

プロットポイント1でのキャラクターアークの展開例

プロットポイント1で表れるキャラクターアークの例を挙げます。

『マイティ・ソー』…「嘘」のために傲慢になったソーは「普通の世界」から追放される。「普通の世界」に戻ることがソーのプロット上の新しいゴールになる。

『ジェーン・エア』…気難しい男に雇われたジェーンは仕事と人間関係の両面でうまくやっていかねばならない。これもプロットに新しく生まれたゴール。

『ジュラシック・パーク』…島に着くと本物の生きた恐竜がいる。グラント博士は園内をくまなく視察したくなり、プロットの新しいゴールができる。

『ウォルター少年と、夏の休日』…夢遊病のように剣を振り回すハブおじさんを見たウォルターは、青年時代の武勇伝をガースおじさんから聞かされる。謎の女性ジャスミンとの真相を知ることが、新たなウォルターの目的としてプロットに加わる。

『トイ・ストーリー』…ウッディは新しい人形バズ・ライトイヤーに人気者の座を奪われ、（文字通り）蹴り出される。ウッディに「首位奪還」という新しいゴールが生まれる。

『スリー・キングス』…イラクの金塊隠し場所への地図を入手したアーチーは「財宝を見つける」という新しいゴールを得る。

『フーリガン』…対立するサッカーファンの集団（「ファーム」と呼ばれる）の暴力沙汰に巻き込まれる。自分を認めてくれたファームに入って戦うことが新しいゴールになる。

『おつむて・ん・て・ん・クリニック』…休暇中の主治医を追ってウィニペソーキー湖まで行く。「心の悩みを忘れて休暇をとる」という新しいゴールがボブに生まれる。

プロットポイント1でのキャラクターアークの例

『クリスマス・キャロル』…「過去のクリスマスの幽霊」が寝室に現れ、スクルージの世界観を一変させる。これだけでも彼の「普通の世界」を揺さぶるにはじゅうぶんだが、さらに幽霊はスクルージを第二幕へと連れて行く。「自分の人生とクリスマスの幽霊について知る」という新たなゴールができた今、スクルージは怯えながらも第二幕へ進まざるをえない。当初、スクルージのゴールは「その夜を無事に乗り切ること」だけだったが、もう「普通の世界」にはもう戻れない。彼をとりまく世界は同じ。彼自身の意識が変化していく。

『カーズ』…マックィーンは田舎町ラジエーター・スプリングスで逮捕され、「WANT」（ピストン・カップ）の開催地への一番のりが困難になる。華やかな「普通の世界」にしか興味がない彼にとって、プロットポイント1で生まれるゴールは「できるだけ早く解放されて走ること」。だが、この新しい世界のルールは違う。これまでのような「嘘」の行動は通用せず、マックィーンはどんどん窮地に陥っていく。

クエスチョン

1 「普通の世界」にいる人物の進路を変えさせる大きな出来事は何？
2 どんな決断をしたからプロットポイント1に遭遇したか？
3 プロットポイント1は人物にとって有利に見えるか？　もしそうなら、どんな流れで予想外の悪い展開になるか？
4　または、プロットポイント1の出来事は見るからに破滅的？　どのように？
5　主人公はプロットポイント1を受け入れ、自分の意志で第二幕に進むか？
6　または、じたばたしながら第二幕に引きずり込まれるか？
7　プロットポイント1は「普通の世界」を破壊するか、人物を「普通の世界」から物理的に引き離すか？　あるいは主人公をとりまく「普通の世界」を揺るがすか？
8　プロットポイント1に対する人物の反応は？
9　プロットポイント1で人物はプロット上、どんな新しいゴールを見出すか？
10　プロットポイント1で人物は新しい「真実」への道をどう踏み出すか？
11　「嘘」に従う人物は新しい世界で「罰」を受ける。その新しい世界はプロットポイント1でどう構築されるか？

第一幕で人物が信じ込んでいる「嘘」を設定しました。その「嘘」の価値観に支えられていた日々は、プロットポイント1以降、消滅に向かいます。第二幕で「嘘」が壊れると人物は「真実」に気づき、周囲と戦いながら成長します。プロットポイント1で人物を安全地帯から遠く引き離し、大冒険に送り出して下さい。

「騙され方には二通りある。
まず、真実でないものを信じること。
もう一つは、真実を信じまいとして拒むこと」

――セーレン・キルケゴール

8 第二幕の前半

第二幕の前半で人物は未知の世界をさまよいます。本人に迷っているつもりはないかもしれません。でも、従来のルール（「嘘」）が通用しないと感じ始めます。

主人公は落胆しますが、ほしいものを追い求め、プロットポイント1での出来事に対するリアクションを続けます。逆境に翻弄されるかのようですが、単に受け身なのではありません。どう対処していいか、わからないのです。しかし、頑張っていくうちに、自分の行動のしかたが効果的ではなかったことに気づきます。そして、失敗の根底には自分の内面を蝕む「嘘」があるかもしれないと気づきます。

第二幕はストーリー全体の約半分を占めます。最もボリュームが多い幕ですから、前半、ミッドポイント、後半の三つに分けて解説していきますね。ミッドポイントと後半については、それぞれ節を分けて紹介します。

第二幕の前半ではプロットポイント1に対する人物の反応を描きます。

人物はバランスを立て直そうとし、新しい世界での生き方を模索します。

第二幕の前半には「ピンチ・ポイント（全体の三十七パーセント経過あたり）」を作り、敵の存在を読者にちらりと知らせ、記憶に留まるようにします。

第二幕の前半はプロットポイント１の直後から始まり、全体のちょうど半分あたりで起きるミッドポイントまで続きます。

一般的に、物語はちょうど半分に分けられます。前半は人物が出来事に対してリアクションし、後半では自発的にアクションを起こします。第二幕前半で「嘘」が人物をどれだけ苦しめているかが明らかになると、人物は積極的に行動し始めます。

第二幕前半でキャラクターアークに必要な四つのパーツ

第二幕前半でキャラクターアークに必要な項目は次の四つです。ミッドポイントの前であれば、どこに配置してもＯＫです。四つをもれなく揃え、次の流れに備えましょう。

１　「嘘」を克服するためのツールを与える

プロットポイント１で「普通の世界」が揺らいだ後は、人物がもろい状態になります。助けが必要な時ですから、「嘘」を克服するツールとして、小さな釘の一本でも差し出してあげましょう。それはパズルのピースでもいいし、「嘘」の壁を乗り越えるはしごの一段と捉えてもいいでしょう。

ここで与えるツールとは、「嘘」を捨てるのに役立つ情報です。他の登場人物（メンターや保護者的なキャラクター）の言葉や助言がヒントになることもよくあります。クライマックスでの対戦に備えて知力や体力を鍛えると共に、「真実」を学んで自らの「嘘」を克服せねばなりません。

この「真実」は理屈だけでなく、実際に生かせるものであるべきです。たとえば、人物が「単独で行動するのが最も早い」という「嘘」を信じているなら、「人々の協力で物事が早く進むんだよ」というセリフを誰かに言わせるだけでなく、実際の行動も必要です。映画脚本術でよく言われる「語るな、見せろ」というモットーを心に留めておきましょう。

例：『トイ・ストーリー』ですみっこに追いやられ（ややヒステリックになっている）ウッディに、ボー・ピープが「バズが来てアンディは喜んでいるけど、あなたには特別な場所をくれている」と言って励ます。

2　「嘘」のせいで困難に陥るところを描く

プロットポイント1が巻き起こした変化に主人公は追いつけません。「真実」の光が目の端にちらりと入っていたとしても、まだ意識はできません。それどころか、自分の「嘘」に邪魔されていることさえ気づいていないでしょう。新しい出来事に遭遇しても、昔の自分と同じ反応をします。そして、失敗をくり返します。

第二幕は「嘘」の行動に罰を与える場です。以前は「嘘」からパワーをもらって成功体験を重ねてきましたが、そのやり方がどんどん行き詰まってくるのです。このままでは人物にとって本当に必要な気づきも、ほしいものも得られません。プロット上で目指すゴールの達成も、「嘘」のせいで危うくなります。人物が「嘘」に従い続けているのは、まだ状況がつかめていないから。だから「罰」を受け、痛い目に遭います。

罰を受けた人物は行いを改めます。「嘘」が失敗の原因とは気づかなくても、失敗から痛みを体験し、どうするべきかを考え始めます。

例：地球に追放されたソーは相変わらずわが道を行こうとするが、彼の自信も腕力も役に立たず、ことごとく失敗する（スタンガンで気絶させられる、鎮静剤を打たれる、車で轢かれる）。

3　人物を「WANT」に近づけ「NEED」から引き離す

現時点ではまだ、人物は「WANT」（ほしいもの）を必死で手に入れようとしています。頑張ればうまくいくと思っているので必死です。でも、「WANT」に近づけば近づくほど、「NEED」（本当に必要なもの）から遠ざかることに気づいていません。

「嘘」の価値観が問題を引き起こしているにもかかわらず、人物はゴールに向かって着々と進みます。映画『キッド』のラスは少年時代の自分の分身を追い払いますし、『モンスターズ・インク』のサリーとマイクは少女ブーを家に帰らせる案を思いつきます。アーネスト・クラインの小説『ゲームウォーズ』（『レディ・プレイヤー1』として映画化）のウェイドはレースを制覇し、魅力的な女性アルテミスの心を射止めそうになります。

これらの成功は一過性のものですが、人物は潜在意識にある歪みに気づきません。この調子で「WANT」に魅せられ続けると、人間としてだめになってしまいます。たとえ競争に勝てたとしても、いずれ自分に敗北します。

例：映画『スリー・キングス』の人物たちは金塊を奪取して町を出ようとする。ほしいものは手に入ったが、村人たちが敵兵に捕らわれる。このまま去れば人物たちも敵と同じ悪者になってしまう。

4　「嘘」のない状態をちらりと見せる

プロットポイント1は人物に新しいシナリオを与えます。仮に「嘘」のない人生を選べばどうなるか、初めて垣間見えるところです。他の人物の行動や態度から感じ取ることが多いでしょうが、人物自身がこの時だけは「嘘」を振り払い、「真実」の価値を体験する展開もありえます。

ここはまだストーリーの序盤ですから、「真実」を見せるのは少しだけにしましょう。人物の方でも心の準備が整っていないでしょうが、何かの兆し程度は感じるべきです。「嘘」のない生き方があることや、それが素晴らしい生き方であること。「嘘」を手放せばどんなによい気分になれるかを、わずかに感じさせましょう。

例：『フーリガン』のマットは義兄のファームに入ってケンカに参加。やられたらやり返すことに生まれて初めて快感を得る。

第二幕前半のキャラクターアークの例

『クリスマス・キャロル』…三人の幽霊はスクルージに「嘘」を暴くツールを次々と与える。「過去のクリスマスの幽霊」と一緒にタイムトラベルした彼は、フェッジウィグさんの店で働くよき青年時代を思い出す。フェッジウィグさんが素晴らしいのはお金儲けがうまかったからではなく、親切だったからである。次に、幽霊は、昔のスクルージが自分の心の「嘘」を捨ててベルと結婚したらどうなっていたかを見せる。スクルージはそれを受け入れず、家に連れ戻されてまた別の幽霊に遭遇する。

『カーズ』…マックィーンはラジエーター・スプリングスで出会うキャラクターのほぼ全員からヒントを与えられる。メーターとサリーは町の魅力を語る。住人たちは親切で、ゆったりした暮らしが楽しめる。だがマックィーンは聞き入れず、刑罰の道路補修作業から逃げようとして観光客を怖がらせる。ドックは彼に思い知らせるために「レースをしよう」ともちかけ、受けて立ったマックィーンは負けてしまう。マックィーンの「WANT」は「とにかく早く道路を補修してラジエーター・スプリングスから早く出る」。そんな彼に対し、町の住民は助け合いの精神を見せ続ける。「真実」はマックィーンの目の前にあるが、彼は抵抗し続ける。

クエスチョン

1　人物はプロットポイント1にどう反応するか？
2　「嘘」から抜け出す最初の一歩を助ける「ツール」は？

3　脇役が助言やお手本を示すとしたら？
4　「嘘」から一歩を踏み出すことを、言葉を使わず表現するには？
5　プロット上の問題を解決するために人物は「嘘」をどう利用するか？
6　その結果として受ける「罰」は？
7　失敗した人物は考え方や戦略をどう変えるか？
8　狭い視野のまま頑張ると、人物はプロット上のゴールにどう近づくか？
9　「WANT」を求めることで「NEED」からさらに遠ざかる危険性は？
10　プロットポイント1の後、新しい世界（または変化した「普通の世界」）は「嘘」のない世界をどんなふうに垣間見せるか？

第二幕の前半は人物がプロット上のゴールを求める決意をいちだんと高めるところです。人物は必死で事態をどうにかしようとします。ある面ではうまくいっているかのようですが、別な面では今までにないほどひどく間違っています。

第二幕の前半で人物の性格や思考パターン、願望を掘り下げて描きましょう。葛藤に満ちあふれた面白いシーンが無限に生まれるに違いありません。

「人間のアイデンティティは
内面にあるものの中で最も壊れやすく、
また、真実の瞬間の中でしか見出せない時も多い」

——アラン・ルドルフ

9 ミッドポイント

ポジティブなアークの主人公は第二幕の前半で見知らぬ世界をさまよい、失敗し、何かにつけて痛い目に遭いました。ゆっくりと（おそらく無意識に）何かを学び、状況をつかむ時でもありました。少しずつ何かに気づき始めると、大きな転機がミッドポイントで訪れます。ストーリー全体での位置は、ちょうど半分あたりです。

主人公は「嘘」の重みに苦しんできたものの、「嘘」がなければ生きられないほど依存していたに違いありません。それが第二幕の前半で知らず知らずのうちに変わっていくと、心の準備ができてきます。そして、ミッドポイントで大きな変化を迎えます。ここで人物は、しつこく食い下がる「嘘」から離れようとします。

ミッドポイントは全体の流れがひっくり返る転機です。キャラクターアークの上でも、人物が大きな気づきを得る瞬間。リアクションからアクションに転じるところでもあります。

映画監督サム・ペキンパーはミッドポイントを「センターピース」と呼び、大きく目立たせ、読者や観客の関心を引きつける場面と捉えています。作品の目玉となるシーンを描く、重要なところです。著書『Write Your Novel From the Middle（小説を真ん中から書き始めよう：未邦訳）』でジェームズ・スコット・ベルはミッドポイントからプロットを作る方法を勧めています。

ミッドポイント

プロットにおいてミッドポイントは「主人公が反応（状況に翻弄される）から行動（状況を自分でコントロールする）にシフトする」場と言われます。作品の重要なターニングポイントです。ここでのシフトがなければ発展もバラエティも生まれず、ストーリーになりません。

でも、その説明を言葉どおりに受け取るだけでは足りません。そのシフトがどこから生まれるかを考えるべきです。

それは人物の内面の奥深くから生まれます。キャラクターアークの核心にあるものを探りましょう。

「真実の瞬間」

状況に対処しようと大わらわだった人物は、ミッドポイントで態度が変わり、戦いに勝つための行動を始めます。ゴールや決意が変わったわけではありません。ミッドポイントで周囲の状況を把握し、自分の内面に対する理解が深まったのです。

人物が「真実」に気づく時ともいえます。スタンリー・D・ウィリアムズは「恵みの時（moment of

grace）」と呼び、ジェームズ・スコット・ベルは「ミラー・モーメント」（鏡を見るようにして真の自分に気づく瞬間）と呼んでいます。物語の前半で断片的に「真実」を見てきた人物は、ミッドポイントの「真実の瞬間」で、ついにそれを受け入れます。一般的な概念としてだけでなく、プロット上のゴール達成への鍵だと理解するのです。自分がほしがっている「WANT」の見直しにも迫られます。

嘘と真実の間で板挟みになる

人物が「嘘」を完全に拒否するにはまだ早いのですが、ミッドポイントでは「嘘」に対抗する視点の大切さを理解します。人物は今後も「嘘」ベースの言動をします。でも、潜在意識のレベルでは「真実」と調和し始めます。

たとえば、リチャード・マッケナの小説『砲艦サンパブロ』の主人公ジェイク・ホルマンは、ミッドポイントでポー・ハンが殺されるのを見て「たとえ戦時中でも人としての態度を曖昧にはできない」という「真実」を痛感します。彼の発言は中立的ですが、自ら軍規を破る行動に出ようとする時、この中立性の「嘘」を魂のレベルで拒否したことが伺えます。

ミッドポイントで人物は「嘘」と「真実」の両方にとらわれ、心が二つに割れています。気づいたばかりの「真実」をどう実行に移せばいいか、まだ理解できていません。そのために、第二幕ではまだ完全に勝利ができません。

成長の兆し

ミッドポイントのシーンは大きな要ですが、人物が「嘘」から「真実」にシフトする描写は目立たない場合も多いでしょう。言葉で表すのはまだ難しいかもしれません。でも、心の中ではドラマチックな変化が起きているはずです。『The Moral Premise（モラルの前提：未邦訳）』でウィリアムズはこう書いています。

「恵みの時」はささいな出来事によってもたらされるが、突然に人物の態度や行動が変わるのではない。それまでにも、もっとドラマチックなことは多く起きており、それらの結果として変わるのだ。ラクダの背に藁をどんどん積んで、もう一本藁しべを乗せた瞬間、ついにラクダが倒れてしまった、というように。

ミッドポイントでのキャラクターアークの展開例

ミッドポイントでの人物のアークの例を挙げましょう。

『マイティ・ソー』…ソーは自分のハンマーが持ち上げられず、自慢の腕力にはもう頼れないと気づく。

『ジェーン・エア』…ロチェスター邸に隠された恐ろしい秘密がちらりと見える。ロチェスターはジェーンを頼りにし始める。一方、ジェーンは彼が他の女性と結婚するなら住み込みの仕事は続けられないと感じる。

『ジュラシック・パーク』…子供たちが、檻から出たティラノザウルスに襲われる。グラント博士は命に代えても子供たちを守るべきだと気づく。

『ウォルター少年と、夏の休日』…悪党たちと勇敢に戦うハブおじさんの話を聞いたウォルターは、ガースおじさんが本当のことを言っているかもしれないことに気づく。

『トイ・ストーリー』…アンディが嫉妬に駆られてバズを攻撃すると、二人ともガソリンスタンドに取り残されてしまう。アンディ少年のもとに帰るには、バズも助けなくてはならないと気づく。

『スリー・キングス』…イラクで金塊を発見、奪取したアーチーたちは、村人たちに及ぶ影響を目の当たりにし、放っておけなくなる。

『フーリガン』…マンチェスターの試合で暴れて圧勝したマットは、仲間たちと一丸になって戦えば自分の中に活力が湧くことに気づく。

『おつむて・ん・て・ん・クリニック』…ボブは精神科医レオの息子にダイビングを習い、(偶然も手伝って)成功する。一家が自分に注目してくれるのは自分がクレイジーだからではなく、好かれているからだと気づく。

ミッドポイントでのキャラクターアークの例

『クリスマス・キャロル』…第二幕前半で過去を振り返ったスクルージは「現在のクリスマスの幽霊」と出会う。神妙な態度の彼は、幽霊と目を合わそうともしない。第一幕で「お金だけが大事」という「嘘」が揺らぎ、その後、彼が見たものはみな、よい人間になるための学びだと納得する。「今の自分に必要なことがわかった」とつぶやくスクルージ。まだ完全に「嘘」を手放してはいないが「真実」に気づく。幽霊に「今晩何か教えてくれるなら聞かせてほしい」と言うところが「真実の瞬間」。

『カーズ』…レースでドックに負けてもなおマックィーンは「単独」でベストを尽くしたと言い張る。

だが、助けが必要だという「真実」に直面。ドックの助言なくして泥道でのターンはできない。また、彼はメーターと一緒にトラクターをひっくり返すいたずらをし、メーターの人柄に楽しさを感じる。だがスポンサーの「ラスティーズ」の悪口を言って彼の心を傷つけてしまう瞬間がマックィーンの「真実の瞬間」。さらにサリーが「メーターはあなたを信じてる」と告げ、友だちなら信頼に足る人物になれと訴える。彼は平気なそぶりを装うが、心に芽生えた新しい「真実」は、町を助ける行動として物語の後半で表れる。

クエスチョン

1 ミッドポイントで主人公は何を知って衝撃を受けるか?
2 ミッドポイントとプロットポイント1での主人公はどう違う?
3 ミッドポイントで知識を得た人物はどう能動的に行動するか?
4 敵対勢力に対し、主人公はどのような行動に出るか?
5 ミッドポイントで主人公は状況に対してどんな新しい理解をするか?
6 ミッドポイントで主人公は自分への理解をあらたにするか?
7 「真実の瞬間」で気づいて受け入れる真実とは? なぜ受け入れるのか?
8 意識レベルでまだ「嘘」を求めている部分は?
9 「真実」に従ってどんな行動に出ようとするか?
10 内面の「嘘」と「真実」の葛藤にコントラストをつけるには?

ミッドポイントは物語全体の中で最もエキサイティングな場の一つ。人物がついに「わかったぞ」とつぶやく瞬間です。パズルの謎が解け始め、勝利する方法がわかった人物は行動のしかたを変えます。これは唐突な変化ではありません。第一幕での学びに加え、第二幕で「真実」への理解が深まった結果です。

ミッドポイントで何を描くか決めるには、まず、人物が気づくべき「真実」を決めましょう。その「真実」への気づきを示す、あっと驚くようなシーンを考えて下さい。作品の中で最も際立つ章になるでしょう。

「この世の闇を歩いてきた者……
だからこそ、小さな光明ですら
目に届くはずだ」

――岸本斉史

10 第二幕の後半

第二幕の後半はヒーローのテーマ音楽が流れ始めるところです。ミッドポイントで大きなことに気づいた主人公は「よし！」と意気込み、確信をもって反撃を始めます。

人物はリアクションする（敵に状況をコントロールされている）状態を抜け出し、攻める（自分で状況をコントロールする）姿勢に転じます。ミッドポイントで「真実」を知ったおかげで、何をすべきかわかっています。

ストーリーはすでに終わったも同然のようですね。そのとおり、主人公も「決着はついたも同然だ」と思い始めています。

しかし、そうはいきません。

全体を俯瞰すると、物語はまだ途中です。主人公はすべてを学んだつもりでも、それはまだ全体の半分でしかありません。「真実」の価値に気づいていても、自分の「嘘」を捨てきれておらず、いまだに問題を招いています。

第二幕の後半は人物の力強い行動で始まります。その行動はミッドポイントでの気づきがもとになっています。

第二幕の後半での人物は自信にあふれ、事態を自分でコントロールします。

第二幕の後半ではすべての情報を集めて出します。第三幕への準備です。

第二幕の後半はミッドポイントで始まり、分量は全体の二十五パーセント程度です。全体の七十五パーセント経過地点あたりで第三幕に移ります。

第二幕の後半にはピンチポイント2（六十二パーセント経過地点）を設けて敵の脅威を描き、最終決戦への伏線を張ります。

第二幕の後半は主に「アクション」を描きます。主人公は「すべてが見えた」と思って前進しますが、まだ心に「嘘」があるため葛藤します。言うなれば、まだ目が半分しか開いていない状態で、敵に体当たりします。

第二幕の後半のキャラクターアークに必要な六つのパーツ

第二幕の後半に含めてほしい大切なパーツは六つあります。どこに配置するかはかなり柔軟で、物語のペースに合わせればよいでしょう（いくつかの例外については後で説明します）。プロットポイント3の前に仕掛けておけば、クライマックスに必要なものが揃います。

1　よりよい行動をさせる

第二幕前半で学び、ミッドポイントで気づいた人物は、物語の前半でできなかった行動ができるようになります。

それは新しいツールを手に入れたからです。これなら目標に向かって大きく前進できるでしょう。レンガ造りの壁を素手で崩そうとする代わりに、つるはしを使うようなもの。どのレンガを叩けば全体が崩せるかもわかっています。

人物はぐんぐん障害を乗り越えていきそうです。スムーズにいかない時があっても、方向性はおそらく正しい。障害物を排除したり、うまく避けたりして賢く進んでいきます。

例：『おつむて・ん・て・ん・クリニック』のボブは、レオの家族に受け入れられて元気になるとテレビ番組「グッドモーニング・アメリカ」にも出演。うろたえるレオの隣に座り、カリスマ的な魅力を発揮して窮地を救う。レオはボブを強制入院させるが、ボブはそこでも職員たちの人気者になる。

2　古い「嘘」と新しい「真実」とで板挟みにする

第二幕の後半では、人物がまだ「嘘」を捨てきれていないことが重要です。ミッドポイントで得た「真実」に従って行動しますが、心の中にある「嘘」との対決は済んでいません。「嘘」は潜在意識に深く埋もれています。

ここで生まれる心理の動きは「認知的不協和」と呼ばれます。「真実」にのっとって行動する反面、

「嘘」にブレーキをかけられるため、百パーセントの信念をもって行動できません。心の中に強いいらだちや葛藤が生まれます。「真実」の行動をした直後に「嘘」を思い出し、「嘘」に従って行動しようとするからです。

ジェフ・ゲルケはこれを「動揺のエスカレート」と呼んでいます。

ここでのポイントは「動揺」だ。人物の意志が弱いわけではない。かつての彼にとって、世界を満たすパワーは一つしかなかったのに、今は「真実」と「嘘」（正しい道と誤った道）の二つがあるからだ。物事はヒーローが思っていたほど確定的ではない。

例：『トイ・ストーリー』のウッディは、アンディ少年の家に帰るにはバズも助けるべきだという「真実」に従う。だが、バズへの嫉妬や怒りを煽る「嘘」はまだ健在。彼はしかたなくバズを助ける。バズを対等な存在として認めようともせず、バズがテレビのCMを見て突然態度が変わったのをいぶかることもない。ウッディは「真実」のおかげで前進しそうな反面、「嘘」に妨害され続ける。

3 「嘘」がもたらす結果から逃避させる

「嘘」が引き寄せる現実は人物をどんどん不愉快にします。輝く「真実」に魅せられた人物は、あたかもトラクター・ビームに吸い込まれていくかのように歩みます。しかし、「嘘」はまだ頭の中で渦を巻き、目の前を蚊のように飛び回ります。人物は何度も「嘘」を振り払い、「真実」へと向かいます。

まだ「嘘」を信じているかと問われたら、人物は「もちろん！」と反射的に答えるでしょう。でも、その言葉とは裏腹な行動をし始めます。「真実」（と「NEED」）に近づき、前からほしがっていた「WANT」から遠ざかっているでしょう。物語の後半で人物が欲を捨てて行動し始めるストーリーはたくさんあります。「WANT」を後回しにして正しいことをする人物もいるでしょう。

例：『スリー・キングス』の三人が奪取した金塊を一つ残らずアメリカに持ち出す決意は変わらない。だが、彼らの行動の焦点は異なるものに変化し、金塊を取りに戻る前に、現地の村人たちを守るために越境させようとする。

4　「ビフォー・アンド・アフター」で対比する

ストーリーの前半と後半を、鏡に映すようにして比べましょう。後半で、前半部分を彷彿とさせる状況を描きます。唯一の違いはイメージが逆になっていることです。

いわゆる「ビフォー・アンド・アフター」です。前半と似たシーンを後半でも描けば、人物の変化がドラマチックに表現できます。前半でホームレスの男にファストフードのごみを投げつける場面があれば、後半では自分用に買ったビッグマックをホームレスに与える場面などを描く、というように。

第二幕の後半では、人物がまるで別人のように変化したことを示しましょう。「変わった」と言葉で説明するだけでなく、具体的にどう変化したかを描写すること。

例：『マイティ・ソー』の第一幕でソーはかっとして戦いを挑み、仲間に重傷を追わせる。第二幕で仲間がソーを助けに来ると、彼は感謝し、自分のために危険を冒さないでほしいと告げる。前半でいつも好戦的だったソーは（以前に比べて）謙虚になり、仲間と戦うよりも街の人々を守る方を選ぶ。

5 見せかけの勝利をさせる

気づきと決意のおかげで第二幕は大勝利で終わるかのように見えます。求め続けてきた「WANT」にも手が届きそう。あとは、それを手に入れるだけです。

それなのに、人物の心は晴れません。「WANT」は目前にあり、ほしい気持ちも変わりません。なのに、何かがしっくりこないのです。

ここで「WANT」を求めれば、また「嘘」の奴隷に逆戻り。「NEED」を切り捨て、「真実」の声に耳をふさがなくてはなりません。それでも、やっぱり手にいれるべき？ だって、それは物語の最初から、ずっと追い求めてきたものです。しかも、それが今、手に入る寸前です。

さあ、人物はどうするか。

彼はそれを手に入れます。「NEED」の邪魔にはならないだろう、「WANT」も「NEED」も手に入れていいと自分に言い聞かせます。「嘘」と「真実」をうまく共存させることもできるはず。そして「WANT」をつかみとり、勝負に勝つか、かなりいいところまで昇りつめます。

ここでの満足は偽りのものでしかありません。それはプロットポイント3で明らかになります。見せかけの勝利を得ようとした人物は、心の奥の「NEED」を犠牲にしたツケを払うことになるのです。

例：『ジェーン・エア』のジェーンはロチェスターに求婚され、願いを叶えたかのように見える。自分を愛してくれる人が突然現れ、どんな夢も実現しそう。もちろん彼女はプロポーズを承諾するが、心の奥では不安。ロチェスターと結婚すれば再び魂の自由を失い、仕えるだけの身に逆戻りする。だが、ジェーンは「真実」から目をそらし、愛されるには身も心も犠牲にすべきという「嘘」にしがみつく。

6 キャラクターアークの核心をはっきり見せる

さりげなく表現する力は書き手の強みになりますが、今はその時ではありません。大きな武器を使う時です。最後の試練（第三幕）に向かう前に、人物（と読者）に「真実」の価値をはっきりと見せましょう。人物が本当に必要としている「NEED」とは何なのか、はっきりと書いて下さい。

人物どうしの会話か行動（例：ジェーン・エアはロチェスターとの愛を誓うが生計を「独立して」立てようと努力する）、あるいは心の声による表現が必要です。これは人物が第二幕を終える時に必要なもの。第三幕で自らの「嘘」と対決する時、最前線での防御となります。

例：『ウォルター少年と、夏の休日』で、大好きな人たちを信頼するのが怖いウォルターに、ハブおじさんは自分がよく若者に言う言葉を伝える。「真偽がわからなくても信じなきゃいけない時もある。本当かどうかは関係ない。男なら信じるべきだ。だって、それは信じる価値があるものだからな」。

第二幕の後半のキャラクターアークの例

『クリスマス・キャロル』…スクルージの思考や態度は第二幕の後半で大きく変化。安息日のパンが買えない人々を心配し始める（彼はまだ「嘘」がベースの思考をしているが）。病気の少年ティムに同情する。甥の夕食会を見て温かい気持ちになり、自分も一緒に乾杯したいと思うが、「嘘」に縛られている間はもちろん不可能。『クリスマス・キャロル』には多くの「ビフォー・アンド・アフター」の描写が第一幕から第二幕へ巧みに織り込まれ、スクルージが知人たちと喜びの再会を果たす場面に生かされている。寓話的な物語であるため、テーマを示すものが豊富に出てくる。

『カーズ』…マックィーンは心を開く。ラジエーター・スプリングスを見る目も変わり、次々と発見を重ねていく。ドックがピストン・カップで三度も優勝していたことや、サリーが引退した理由。ドックは彼に「周りを気遣ったことはあるか？　一回でもあったらお前を見直そう。町のみんなは善良だ、思いやりがある。その優しさにつけ込むな」と言う。改心したマックィーンは道路をきれいに補修し、町の店を訪ねてまわる。カリフォルニアでの同点決勝戦には行きたいが、田舎町の「真実」の素晴らしさにも魅せられている。

クエスチョン

1　ミッドポイントの後で人物はどう自主的になるか？
2　ミッドポイントでどのような新しい視点を得たか？

3　ミッドポイントの気づきでどんな「ツール」が得られたか？
4　人物がいまだに「嘘」に執着しているところは？
5　新しい「真実」は古い「嘘」に対してどんな軋轢を生むか？
6　いまだに残っている「真実」とのズレは？
7　いまだに「嘘」を信じるのは、どのような心理や考え方があるからか？
8　意識が「真実」寄りになると、行動にどう表れる？
9　「ビフォー・アンド・アフター」のシーンをどう描く？
10　第二幕終わりの「見せかけの勝利」は？　「WANT」を得るために「真実」とどう妥協するか？
11　第二幕の後半で「真実」をはっきり表現したか？

第二幕の後半は人物にとって上向きの流れに見えるでしょう。すべてが思いどおりに進み、「真実」の価値もわかりかけています。それは「WANT」よりも尊いことを、おそらく無意識に感じ始めています。第二幕の終わりでふと昔の価値観に戻っても、「真実」を捨てる気にはなれません。もう人物は変わったのです。それを実証するのはプロットポイント3が到来した時です。

「ぼろぼろになってもいい。
立ち直り方を自分で決められるのだから。
よい選択をすればいい」

——ステイシー・ハモンド

11 プロットポイント3

キャラクターアークで最も重要なところを一つ選ぶとしたら、どこでしょう。「プロットポイント3かな？」。ええ、そうかもしれません。では、さらに難しい質問をします。なぜ、それが最も重要なのでしょうか？

プロットポイント3は物語が落ち込むところです。直前の第二幕終わりでは主人公が勝利したかに見え、すべてが思いどおりになったかのようでした。「真実」の価値を知り、「嘘」を優先するのはやめました。これなら敵にも勝てそうです。

「そして、幸せに暮らしましたとさ」と書いてもよさそうに見えますね。

それは大間違い。「嘘」を優先させないだけでは足りません。エンディングを迎える前に「嘘」を再び浮上させ、主人公と対決させねばなりません。それがプロットポイント3の役割です。成功しそうに見えた矢先にドカンと落とされるのですから、人物にとってはたまったものではありません。もう逃げ道はなく、自分を偽るのをやめなくてはなりません。「嘘」を壊すか自分が壊れるかの瀬戸際に立たされます。

プロットポイント3

第二幕の後半で主人公は力を得ました。ミッドポイントで「真実」をつかみ、確信を持って行動し始めました（そして成功体験も重ねました）。こうして第二幕が輝かしく終わった後は、プロットポイント3でプロットとキャラクターアークに危機が訪れます。

この危機は敵対勢力の反撃によって起こります。主人公は敵を倒したと思っていますが、敵にはまだ隠し玉があります。敵の反撃は予想外です（伏線を張っていたとしても、です）。

これがプロットのひねりになりますが、主人公の「嘘」がもたらす弱点が突然に露呈することもよくあります。主人公の弱みがさらけ出されたところに一撃を食らいます。主人公は驚きのあまり反撃さえできません。

「WANT」と「NEED」の究極の選択

プロット作りの上で、プロットポイント3は主人公のゴール達成を危うくする「実質的な」転機です。人物作りの上では、主人公の心が何を選ぶかに重点を置きます。

第一幕と第二幕を経た人物は「WANT」と「NEED」、そして「嘘」と「真実」の選択に迫られます。第二幕の後半では両方維持したいと思いましたが、それはやはり無理だと判明します。

ストーリーの重みがこの瞬間にかかるなら、それは魂が引き裂かれるような難しい選択になるはずです。どちらを選んでも、大きなものを失います。「真実」を選べば夢を失います。ほしいものを選べば、残りの人生は「嘘」の人生になります。

ここでは「WANT」が手に入ったも同然の状態です。長い旅を経てたどり着く、輝かしい栄光に満ちたもの。あとは、ただ「真実」に目をつぶって手を伸ばすだけ。想像するだけで身は焦がれ、死にそうに感じるほどです。人物が「WANT」にかける思いが強ければ強いほど、プロットポイント3はパワフルになります。

しかし、それは選択の一面でしかありません。もう片方の面にあるのは「真実」です。人物は「真実」なしに生きられないことにも気づいています。心に「WANT」の誘い声が響く中、「嘘」の恐ろしさもわかっています。「WANT」をあきらめようとして身体が震え、「真実」を否定しようとして「嘘」の闇に吐き気がします。ジェフ・ゲルケはこう述べています。

主人公は二つの道のそれぞれに、どんな可能性と代償があるかを知る。選択すればどうなるか、何を失うかを理解していなければ、この瞬間は完全にならない。

ポジティブなアークではある程度、結末が予測できますが、人物の選択が困難であるほど読者はハラハラします。主人公が決断する場面はパワフルになるでしょう。

古い自己の死

とうとう、主人公は断腸の思いで選択します。「真実」を選び、「嘘」を拒絶します。誤った価値観で生きるのはもうたくさん。ほしかったものをきっぱりあきらめて（あるいは、あきらめることを意味する選択をして）「真実」に従い、正しいことをします（最終的に「WANT」を手に入れるとしても、ここでは完全にあきらめる意志を見せることがポイントです）。

ここでの選択は行動を伴います。信念に従った行動しかできないほど内面が変化しているからです。絶対に後戻りしないよう、人物は退路を断たねばなりません。プロットポイント3を過ぎれば心変わりは不可能。後で決意が揺らいでも、「WANT」を求めて引き返すことはできません。

人物にとって、これは「古い自己の死」のようなものです。第三幕ではずっと心が揺れているかもしれませんが、プロットポイント3の転機では「真実」に身を捧げ、肉体の死をも厭わない強さを見せるのです。「嘘」と共に死を遂げるといってもいいでしょう。

プロットポイント3で人物が実際に死んだり、象徴的な意味での死を遂げることもよくあります。重要なキャラクターが死なない場合（例：『スター・ウォーズ』のオビ＝ワン）、命を脅かすほどの悪天候を背景にしたり、人物の失業（職業上の死）やペットの死、葬儀や新聞の死亡記事を見かける、といった表現もできます。いずれにしても、物語にうまく溶け込むモチーフを選びましょう。象徴的な表現をする場合は、単なる偶然の出来事として挿入しないように気をつけて下さい（例：人物が通りすがりにお葬式を見かけるなら、プロットと何らかの関連性を持たせる）。とはいえ、プロットポイント3には死の雰囲気が漂うもの。前面に表れないとしても、ずっと背景に漂っているはずです。

――プロットポイント3でのキャラクターアークの展開例

プロットポイント3でのキャラクターアークの例を挙げましょう。

『マイティ・ソー』…弟はソーを殺そうとして、平和な街（と、ソーが守りたい人々）を攻撃する。ソーは戦いを止めることを選び、自らの命を投げ出して人々を守ろうとする。

『ジェーン・エア』…ロチェスターには精神を病む妻がいることが発覚。ジェーンが彼と暮らすには愛人となるしかない。魂や倫理面の代償の大きさに耐えられず、ジェーンは屋敷を去る。

『ジュラシック・パーク』…ティム少年はフェンスで感電。恐竜たちは脱走。グラント博士は子供たちを守るために奔走する。

『ウォルター少年と、夏の休日』…ウォルターの母親は、無礼で乱暴な男を新しい恋人として連れて戻る。二人は「おじさんたちが裕福なのは大金を盗んだからだ」と主張する。ウォルターは母親の嘘を聞き入れず、大金の隠し場所を教えまいとする。

『トイ・ストーリー』…ウッディはシド少年の部屋から逃げようとするが、アンディ少年のおもちゃたちは協力を拒否。バズはシド少年のロケットにくくりつけられる。ウッディは自分だけ逃げようとするのは間違いだと気づく。バズと一緒にアンディ少年のもとに戻ることが大切だと認める。

『スリー・キングス』…トロイがイラク人に拘束され、拷問を受けていることがわかる。アーチーとチーフは救出用の車両と引き換えに金塊を半分差し出す。

『フーリガン』…ファームの一人の裏切りが発端で、マットの義兄が刺される。暴力をやめる決心をしたマットは姉と甥を連れ、安心して暮らせるアメリカへ。

『おつむて・ん・て・ん・クリニック』…主治医レオが神経的にまいってしまう。ボブは家族とすっかり仲良くなっていたが、家族の意向を聞き入れてそっとしておく。

プロットポイント3でのキャラクターアークの例

『クリスマス・キャロル』…時計が真夜中を指すと、マーレイの予言どおり「未来のクリスマスの幽霊」が現れる。死のにおいが立ち込める箇所。未来でティム少年は死んでいる。プロットポイント3と第三幕の大部分では死後のスクルージに対し、人々が冷淡な態度であることに注目。「嘘」が引き起こす結果を目の当たりにしたスクルージは守銭奴であるのをやめ、クリスマスの精神で生涯を生きる決意をする。

『カーズ』…町の住民との友情やサリーへの恋心が芽生えたマックィーンにプロットポイント3が到来する。マックィーンの善行の真意を疑うドックはマスメディアに連絡。マックィーンが待ちに待った脱出の時がやってくる。決勝戦に間に合うのは嬉しいが、ラジエーター・スプリングスで見つけた心の平和と幸せをあきらめる時。茫然とするマックィーンはマックに連れて行かれる。

クエスチョン

1 成功に見えたものが大失敗や敗北となるのは、どんな出来事や気づきがあるから?

2 なぜ「嘘」を払拭できずに敗北したか?

3 「嘘」の悪影響とどう向き合わねばならないか？
4 この敗北は「WANT」への道をどう切り開く？
5 その道を行けば、どんなふうに「NEED」を見失うか？
6 「WANT」と「NEED」の選択肢を明確に提示するには？
7 人物はどちらを選ぶ？
8 「嘘」に支配された古い自己の「死」をどう表現するか？

プロットポイントがキャラクターアークと共に進展することがおわかりいただけたと思います。プロットポイント1で「普通の世界」を出るはめになった人物は出来事にリアクションします。ミッドポイントで目覚め、行動を始めます。ただし、そのアクションは外に対するリアクションでもありました。第二幕の後半（の大部分）で正しい行動をしますが、まだ学びを終えていません。ストーリーの中で正しい選択肢はただ一つですが、人物はまだいくつかの選択肢があると心の奥で思っています。

そこで必要なのがプロットポイント3です。人物から他の選択肢を奪い去り、正直にならざるをえない局面へ導きましょう。この後、クライマックスで主人公は灰の中から立ち上がり、本気でバトルに向かいます。

「人生は安全地帯を出たところから始まる」

――ニール・ドナルド・ウォルシュ

12 第三幕

第三幕（全体の中で最後の二十五パーセントを占める部分）のキャラクターアークは激しさがポイントです。状況もヒートアップしています。来たるべき敵との対決に向けて、主人公は暴走列車のような勢いで進みます。でも、心の中はぐらついています。

主人公はプロットポイント3で不意討ちを食らい、打ちのめされました。でも、「嘘」の代わりに「真実」に従った瞬間、主人公はキャラクターアークの中で大きく前進。これは非常に重要なことです。その時、「WANT」は手が届かないところまで遠のいたに違いありません。

主人公は正しいことをしたのです。その行動は魂の奥底から生まれたものだったからです。しかし、今後はその行動が招いた結果と共に生きなくてはなりません。「真実」を知って成長した反面、これまで積み上げてきたことはめちゃくちゃになりました。

プロット上では、第三幕はクライマックスの決戦前に人物がバランスを立て直すところですが、人物の内面のドラマで言えば、本当に「真実」を求めるかを自らに問うところです。どんなに犠牲を強いられても、その「真実」に従う価値はあるか。「嘘」に守られた生き方に戻るなら、これが最後のチャンスです。

第三幕のキャラクターアークに必要な四つのパーツ

第三幕には四つの道しるべがあります。一番目と四番目（プロットポイント3の直後に置くものと、クライマックスの直前に置くもの）以外は、第三幕の前半全体に散りばめ、少しずつ発展させることが大事です。これもストーリーに合わせたペース配分をして下さい。特に、第三幕は早い展開になるはずです。

1　危機感を上げる

プロットポイント3で「真実」を選んだ後は苦しみの後始末が待っています。それまでの努力も成果も無駄にしたように感じるからです。確かに「真実」の行動は気高かったし、自分を圧迫する「嘘」からも自由になれました。でも、今となっては慰めにはなりません。

プロットポイント3での出来事はナイフのように、人物の背に突き刺さっています。さらにひねりを加えてプロットポイント3の余波を描きましょう。「真実」がもたらす混乱に対する人物の反応を描くのです。

さらに苦しい状況に陥れてもいいでしょう。ステーク（危険度、危機感）を上げましょう。人物の心がずたずたになっているのなら、身体や物資の面でも打ちのめされる状況を作ってはどうでしょうか。

主人公は親友が殺されるのを目撃したとします。

それなら、主人公も必死で逃げるようにすればどうでしょう。

激しい吹雪の中。しかも、主人公は脚を撃たれている。

「真実」に従って行動したのは本当に最善だったのか、たやすく納得できない方向にもっていって下さい。

自らの運命を呪って嘆き、また立ち上がる主人公。痛みに屈するか、戦い続けるか？　魂の真実を選ぶなら、どれほどつらくてもかまわない、と感じます。

吹雪に負けじと顔を上げる主人公。自分の選択は正しく、また同じ状況になっても同じ行動をするだろうと思い直します。この時、彼は本当に変化を遂げたといえるでしょう。将来、また悩む時があるかもしれません。でも、ここから先は新しい生き方をします。

例：『フーリガン』のマットは暴力をやめ、仲間を捨てる。義兄を殺そうとしたライバルへの報復に向かう仲間の前での苦渋の決断。彼にできるのは姉と甥を守ることだけだが、戦うべき時に逃げているような気がしてならない。マットはその思いを振り切って車に乗り込み、空港に向かう。

2　人物をずっと不安定な状態にしておく

プロットポイント3での出来事はいろいろな意味でクライマックス的でした。人物は「真実」に従って行動し、自ら主張もし、アークは完結したように見えました。しかし、第三幕では人物が「真実」を主張し「続ける」ことがポイントです。その主張は条件反射的にではなく、はっきりと意識したものでなくてはなりません。その主張が本物かどうかがクライマックスで試されます。

ここでは人物が「真実」を主張する反面、まだ「嘘」を完全に排除できていないことが大切です。アークの大半が過ぎた今、人物の内面では「真実」が浮上し、「嘘」は沈みつつありますが、まだ「真実」の台頭は絶対的ではありません。考え方を切り替えようとしてはいますが、第三幕のあちらこちらで不安や疑念が再燃します。

そのために人物は完全な満足が得られておらず、「真実」の生き方がもたらす効果もじゅうぶんに得ていません。自分が本当に正しい決断をしたかがわからず、落ち着かない気持ちです。なんと皮肉なことでしょう――「真実」を選び、幸せへの扉を開けたはずなのに、まだ扉の向こうに足を踏み入れていないのです。

例：『おつむて・ん・て・ん・クリニック』のボブはレオを思いやり、ニューヨークに帰ることに同意。胸を張って暗い森へと歩き去る。もう大丈夫であることが何度も証明できていたのに、急に不安に襲われ、大声をあげて湖畔の家に駆け戻る。

3　人物がどこまで変化したかを示す

「だめだ、自分は何の進歩もしていない！」と人物は感じているかもしれません。もちろん、それは間違いです。「普通の世界」にいた頃とは大違いだということは、すでにプロットポイント3で証明されました。クライマックスで再び大きな見せ場がありますが、成長ぶりの描写を第三幕全体に散りばめることも大事です。

一つの方法として、「嘘」を拒絶する人物の行動を描くと効果的です。敵との対立や心の苦悩のドラマと併行して、さりげなく、目に見える形で表現するのがおすすめです。

映画『キッド』の主人公は第一幕で女性ニュースキャスターをひどく馬鹿にしますが、第三幕では謙虚な態度で彼女に助言を求めます。このシーンの意図は傲慢な主人公が相談を求めることではなく、「相談することに抵抗を感じなくなった」主人公の成長ぶりを示すことにあります。

例：『ジュラシック・パーク』のグラント博士は（一見）安全なメインロビーに子供たちを座らせ、やさしさを見せる。ティム少年の髪をなで、「人間トーストになりかけたな」と冗談っぽくささやく姿は、ストーリーの冒頭ではとうてい考えられなかったこと。

4　新しい価値観に「新しい攻撃」をしかける

クライマックスの前に、人物の「真実」を攻撃しておきましょう（クライマックスは第三幕のだいたい半分あたり。次の節で詳しく説明します）。この攻撃はメインの敵対者以外のキャラクターにさせるのがいいでしょう（メインの敵対者はクライマックスでの大きな攻撃のために、とっておきます）。敵対関係にある脇役や、主人公に対して疑いや不安を感じる仲間たちが適役です。主人公が自分に対する不信感をあらわにする描き方もあります。

そうした人物などを使い、主人公の心の「真実」の信じきれていない部分を攻撃しましょう。かつての主人公にとっては「嘘」の方が説得力も魅力もあったため、たやすく後戻りする可能性も残っています。「考えるのは、もうやめよう」と、戦いを放棄することさえあるでしょう。「いや、新しい生き方をしなければ」と思い直しても、「嘘」の甘い誘惑は消えません。攻撃の説得力と、主人公が「嘘」に逆戻りする可能性が高いほどテンションも高まります。

この「新しい攻撃」はクライマックスでの最終的な決断へスムーズにつながる場合もあります。そうならない場合は攻撃が強すぎないか注意して下さい。最も激しい最終攻撃は敵対者がクライマックスで行います。その前の「新しい攻撃」は、主人公が内面で「嘘」と最終対決できるよう、論理的に進めましょう。また、ストーリーのペースに合わせて加減すること。クライマックスが目前に迫っていますから、せいぜい一、二段落の分量で、主人公にあきれた脇役が「気は確かか？」と言う程度が適量という場合もあります。

例：『ジェーン・エア』のクライマックス直前（この後、ジェーンはロチェスターを心配してソーンフィールドへ戻る）、いとこのジョンが「身勝手で無意味な生き方をするな」と非難。伝道師である彼の妻となってインドに行けば意味のある人生が送れると言い、ジェーンを古い考え方に引き戻そうとする。

第三幕の人物のアークの例

『クリスマス・キャロル』…第三幕のほとんどは、怖い幽霊が無言でスクルージに暗い未来を見せるプロットポイント3の続き。スクルージの体に危険は及ばないが、孤独に死んでいく運命を見せられる。冒頭からさまざまな体験をしてきたスクルージだが、人間の価値はお金で測れないとはまだ確信していない。第三幕で未来の自分の葬儀を見たスクルージは、隣人たちの冷たい態度を知って驚愕する。彼の変化は、ティム少年を亡くしたクラチット一家にもらい泣きする様子で表現されている。

『カーズ』…みんなに別れも言えずラジエーター・スプリングスから連れ出されたマックィーンの心は沈む。レースが近づくが集中できず、決勝戦を戦う意味も見失う。「誰にも頼らない」という態度を捨てた今、大事なレースの勝利も危うい。彼は昔クビにしたクルーの代わりに助けてくれたマックに感謝し、レースに向かう。敵対者チックはマックィーンを茶化し、ダイナコ石油の専属になるチャンスを逃したことをあざ笑う。気をとられたマックィーンはスタートで遅れをとってしまう。

クエスチョン

1 プロットポイント3に対する人物の反応は？
2 惨事を招いた「真実」を人物はどう受け入れる？
3 身体的、感情的な苦しみを使ってどう危機感を上げるか？
4 その苦しみを経て「真実」が正しい選択だと気づくか？
5 「真実」を選ぶ時、どのように迷いを振り切るか？
6 「真実」に対していまだに残る疑問や不安は？
7 「嘘」が払拭できないと、幸せへの道はどう閉ざされるのか？
8 第一幕と第三幕で態度や行動はどう違うか？　クライマックスの前にさりげない描写を入れるには？

9　「真実」への思いはどう試されるか？　主人公が「嘘」に戻りたくなるシチュエーション、あるいは人物との遭遇はあるか？

第三幕はストーリーを収束させる部分です。キャラクターアークの面では、どれだけ「真実」を信じるかが試されます。「嘘」の誘惑を振り払った人物はクライマックスへ。成長したがゆえの痛み、苦しみを越えて歩み出します。

第三幕では緊迫感が高まりますが、エンディングに向けて人物とプロットをまとめる必要もあります。ここで物語は九十パーセント終了。それに伴うキャラクターアークをしっかり作ってきたら、クライマックスで素晴らしい変化が遂げられるでしょう。

「真実はあなたを自由にする。
だが、まず自分の中で消化すべきだ」
――デヴィッド・フォスター・ウォレス

13 クライマックス

プロットでもキャラクターアークでも、クライマックスは「！」マークを鮮やかに決める場所。ストーリーはクライマックスを語るためにある。また、人物の旅路の意味を明かすところでもあります。ポジティブなアークでは、これまでの苦労が報われる理由も明らかになります。

最も重要なことは、クライマックスこそが人物の変化を証明する場だということです。そこまでの間、読者は人物が変わっていく様子を見てきました。「普通の世界」から追い出されてショックを受ける姿。第二幕の前半ではうろたえながら、必死に体勢を立て直す姿。ミッドポイントでは気づきを得て、心は「嘘」から遠ざかり、「真実」に近づきました。プロットポイント3では「真実」に従って行動し、その報いを受けました。

第三幕の中盤に向かってテンションは高まり、主人公と敵対者は対決へ。主人公は「真実」を信じて力を発揮せねばなりません。そうしなければ究極のプレッシャーに耐え切れず、すべてを失ってしまうでしょう。

主人公は決着をつけるため、クライマックスで立ち向かわなくてはなりません。

物語の中心となる葛藤はクライマックスで解決に向かいます。物語で提示したものすべてに対し、納得がいく結末を提示しましょう。でも、読者はすべてを予測できませんから、予想外の嬉しいサプライズもあるはずです。

クライマックスは全体の九十パーセント経過地点あたりで始まり、最後の一、二シーンの前で終わります。

葛藤の複雑さや敵対者の数に応じて、クライマックスを二つに分ける時もあります（一番目は「faux climax ＝見せかけのクライマックス」と呼ばれます）。

――クライマックス

第三幕で人物の新しいパラダイム（「真実」を受け入れた生き方）に「新しい攻撃」が必要だと述べました。この攻撃がクライマックスの前になされる作品もありますが（例：『ジェーン・エア』でソーンフィールドに舞い戻ろうとするジェーンをジョンが止める）、心理的な攻撃はクライマックスの最中も継続することがほとんどです。『神話の法則』でクリストファー・ボグラーは次のように説明しています。

努力によって解消した不安や欠点、習癖、欲求、依存は完全になくなる直前、最後の抵抗や必死の反撃といった形でリバウンドしうる。

人物が「嘘」を最終的に振り払うタイミング

クライマックスで「嘘」を拒絶する

敵対者との対立が主人公の内面の葛藤に深くかかわっていれば、主人公は「クライマックスの瞬間」が来るまで「真実」への攻撃を振り払えません。敵対者は「嘘」を振りかざして主人公を打ちのめし、治りかけの傷を痛めつけます。そこが主人公の弱点だと敵対者は知っているのです。

新しい攻撃、「嘘」との決別、「真実」の受け入れをクライマックスで起こせば、人物の内外の葛藤が調和のとれた形で描けて、危機感やテンションも上がります。人物がアークを達成できないと負けですから、読者は固唾をのんで見守るでしょう。

ただし、クライマックスでは物語の展開が活発になりますから、敵対者との戦いを描きながらキャラクターアークを論理的にまとめる余裕がない時もあります。剣と剣での死闘を描くのに精一杯、ということもあるでしょう。

クライマックスの前に「嘘」を拒絶する

人物が心の「嘘」に打ち勝つ場面をクライマックスの前に設けたい時もあります。人物は「嘘」を振り切り「真実」へ。自分の軸が定まり、敵に立ち向かう強さが出ます。変化するのです。

ついに、そして完全に、人物は新しい「真実」を胸に立ち上がり、クライマックスが始まります。ここまで来れば、もう吹っ切れているでしょう。新しい「真実」がどんな結果を呼ぶかはわかりませんが

（例：敵対者を破るか、真実を選んだために命を落とすか）、人物の心は定まっています。ジョーダン・マッカラムの著書『Character Arcs（キャラクター・アーク：未邦訳）』の一部をご紹介します。参考にして下さい。

このタイプの結末では、クライマックスの近くで人物が学びを得ているか確認することが大事。クライマックスとの間隔が空きすぎると、学びとの関連性が薄れてしまう。学びから最終決定するところをクライマックスと同時にすれば、タイミングの問題は防げる。

「クライマックスの瞬間」

「クライマックスの瞬間（The Climactic Moment）」はクライマックスの中でもいちだんと盛り上がるところで、ストーリー全体を貫く葛藤や戦いが解決する瞬間を指します。物語の初めから読者がずっと待ち望んできたシーンを描きましょう（または、作りましょう）。悪者の死、プロポーズ、就職などです。

葛藤が終わるのは主人公が敵対勢力を完全に打ち負かす時です。主人公の行く手を阻んでいた障害は消えます。でも、それで主人公がほしかったもの（「WANT」）を手に入れるとは限りません。ポジティブなアークは人物が自分にとって本当に必要なもの（「NEED」）を見出す物語です。

プロットの途中で人物の「WANT」が変わり、目指すゴールが完全に変わる作品もあります（例：クラレンス・ブラウン監督の映画『緑園の天使』のマイ・タイラーは自尊心が芽生え、ブラウン家のお金を盗んだり、父の名前を利用したりするのを思いとどまる）。

また、「WANT」はずっと同じでも、「NEED」と両立できないためにあきらめる作品もあります（例：『スパイダーマン』のピーター・パーカーはメリー・ジェーンを守るため、彼女の好意を拒絶する）。

あるいは、「WANT」を求める理由が変わり、勝利して複雑な思いをかみしめる作品もあります（例：映画『キッド』の主人公ラス・デューリッツは少年の自分をついに追い払い、なつかしく思い出す）。

「NEED」を選んだおかげで「WANT」が獲得できる作品もあります（例：ジェーン・オースティンの小説『エマ』のヒロインはわがままや自己欺瞞を克服し、ナイトリー氏と結婚する）。

クライマックスでのキャラクターアークの展開例

クライマックスでの人物のアークには次のような例があります。

『マイティ・ソー』…弟ロキに愚弄されたソーは以前のような激しい気質に一瞬戻るが、他の国々を守るために虹の橋を破壊。（おそらく）恋人の元へ戻る道を断ち切り、新しい「真実」への決意を示す。弟が（おそらく）自ら死を選び、ソーの前から姿を消すところが「クライマックスの瞬間」。

『ジェーン・エア』…ジェーンはロチェスターが自分の居場所を探していることを知る。ジョンに新しい「真実」を批判されるが完全に拒否。結婚を求めない覚悟でソーンフィールドへ舞い戻る。彼女が大きく変化すると同時に、状況も急展開。ロチェスターと共に暮らせるようになる。ジェーンが彼に帰還を告げるところが「クライマックスの瞬間」。

『ジュラシック・パーク』…グラント博士は子供たちを守るため、危険な恐竜たちと戦う（厳密には「新しい攻撃」ではないが、アクション重視の本作では似たような働きをしている）。ティラノザウルスがロビーに突入して小さな肉食恐竜たちを襲うところが「クライマックスの瞬間」。

『ウォルター少年と、夏の休日』…ウォルターは母親の恋人の脅しに屈さない。大好きなおじさんたちは泥棒ではなく、冒険の話は本当だと反論。暴力を受けても引き下がらない覚悟を見せる。ウォルターが母親に「おじさんの家に住むことを許可してほしい」と訴えるところが「クライマックスの瞬間」。

『トイ・ストーリー』…ウッディは走るバンに飛び乗ったり、ラジコン車を使ったりしてバズを助けようとしたが、他のおもちゃたちは信じようとしない。「クライマックスの瞬間」はバズと共にアンディ少年の車に無事乗り込むところ。

『スリー・キングス』…アーチーとトロイ、チーフらは上官から、難民たちをフセイン軍に引き渡すよう命令される。「金塊と引き換えに、難民を国境外に移動させてくれ」と交渉するところが「クライマックスの瞬間」。

『フーリガン』…「新しい攻撃」はマットの内面から生まれる。殺し合いを覚悟で決闘に向かう仲間を見捨てることに耐えられない。姉と甥を連れて仲間を助けに戻るが、仲間のためにも家族を守るべきだと気づく。義兄が妻子を逃がそうとして命を落とすところが「クライマックスの瞬間」。

『おつむて・ん・て・ん・クリニック』…レオは「死のセラピー」と称してボブをダイナマイトの箱に縛りつけ、「新しい攻撃」をしかける。ボブは恐怖におののくが、セラピーを受け入れ「治癒」する。ボブが湖畔の家をうっかり炎上させ、ついにレオの精神が崩壊するところが「クライマックスの瞬間」。

クライマックスでのキャラクターアークの例

『クリスマス・キャロル』…未来のクリスマスを見たスクルージは変化を遂げてクライマックスへ。もう一度生きるチャンスがあれば悔い改めると「未来のクリスマスの幽霊」に誓う。彼は寝室で目覚めると、第一幕で邪険に扱った人々に対して善良な行いをし始める。クラチットの給料を大幅に上げ、一家に贈り物をするところが「クライマックスの瞬間」。

『カーズ』…マックィーンは友だちみんながピットクルーになってくれるのを喜ぶ。新しい目的を胸に、ライバルとの差を縮める。ラジエーター・スプリングスの住民への態度は最初に比べて大きく変化したが、新しい「真実」に従う行動はまだ見せていない。ライバルのチックは自己中心的な走りをし（ちょうどマックィーンがオープニングでしていたような行動）、尊敬すべき先輩レースカーのキングを大破させる。優勝を目前にしていたマックィーンだが、キングを助けるべきだと気づく。フィニッシュラインの手前でブレーキを踏み、ライバルに勝たせる「クライマックスの瞬間」は感動的。マックィーンはキングを助け、共に完走する。

クエスチョン

1　クライマックスで人物は変化をどう証明するか？

2　「真実」への「新しい攻撃」はクライマックスの前か、最中か？　ペースの面でどちらが適切か？

3　「真実」を受け入れ、戦いにどう勝利するか？
4　クライマックスで「NEED」を完全に受け入れるか？
5　人物は「NEED」をどう使って敵を倒すか？
6　「WANT」を手に入れるか？
7　「WANT」に対する見方は変わったか？　まだそれを求めているか？

物語が始まった頃は、人物が「NEED」を得るために「嘘」を克服できるかどうかが問題でした。ポジティブなアークでは「克服できた」という答えがクライマックスで出されます。また、「真実」がもたらす変化が目に見える形で表れます。

人物はアークを遂げました。読者はこの先、人物がどんな困難に遭ってもうまくやっていくだろうと確信します。あとは「解決」部分を残すだけ。ここで感情面の仕上げをします（とても大切な部分です）。

「終わったようで終わらないものはたくさんあるが
結局、新しい始まり方でまた始まるってこと」
――C・ジョイベル・C

14 「解決」

キャラクターアークの「解決」はバナナパフェのてっぺんを飾るサクランボのようなもの。ストーリーの中ではちょっと異質に見えるかもしれません。なぜなら、アークはもう完成しましたからね。人物はクライマックスで「真実」に身を捧げ、「嘘」をきっぱり拒否しました。もう心配なさそうです。

では、なぜ「解決」が要るのでしょうか。

「解決」とはエンディングを飾る大切なシーンで、オープニングのシーンとセットになります。オープニングでは「嘘」を信じる「普通の世界」の主人公を描き、「解決」では人物が苦闘の末に得た「真実」が築く、新しい「普通の世界」を描きます。

「解決」のシーンは感謝のしるしと捉えましょう。人物に寄り添い、笑ったり泣いたりして旅路を共にしてくれた読者に贈るシーンです。夕日に向かって駆けた後、人物がどう暮らしていくか、少し披露しておきましょう。

解決

キャラクターアークの「解決」には二つの使命があります。まず、オープニングで提起した問いに答えること。次に、人物の新しい、「嘘」のない生き方をちらりと紹介することです。

テーマとなる問い

二つの使命は本質的に同じです。テーマとなる問いは「嘘」と「真実」の葛藤がベースにあるでしょう。『スパイダーマン』なら「ピーターは自らのパワーを自己責任で行使できるか」です。答えはクライマックスでのピーターの行動に表れ、エンディングでも再度、その姿が描かれます。ピーターは責任をまっとうし、メリー・ジェーンを守るために、彼女をあきらめます。

答えは明確に表現しましょう。人物どうしのやりとりや場の設定で表すのが無理なら、最低限でも短いセリフで表現します。「このストーリーの教訓」という感じで文章にするとお説教のようになりがちですから、表し方を工夫して下さい。

人物の「新しい普通」

読者が読み取ったことを視覚的に描写することも必要です。大きな葛藤が解決した後、次に人物は何をするでしょうか？　変化を遂げた今、どのように行動するでしょうか？

この変化を表現するには、やはりオープニングの「普通の世界」と対比させるのが最も効果的でしょう。同じ場所にする必要はありませんが、もしそれが可能なら、鮮やかなコントラストがつけられます。ディケンズの小説『リトル・ドリット』のエイミーは父の死後、マーシャルシー債務者監獄を再訪します。彼女は裕福な身なりですっかり別人のようになっており、監獄にいた時の暗い姿と視覚的なコントラストを見せています。

そのような対比ができないストーリーもあります。オープニングの「普通の世界」が破壊されてしまったり、人物が元の世界に戻れなかったりする場合、人物のアクションで表現しましょう。

ポジティブなアークの「解決」は明るく楽しいシーンになるでしょう。人物は苦しみを乗り越え、希望を抱きます。新しい日の訪れです。その喜びを存分に描いて下さいね。

「解決」でのキャラクターアークの展開例

「解決」部分での人物のアークの例を挙げましょう。

『マイティ・ソー』…ソーは傲慢だったことを反省し、父に謝罪する。「学ぶことがたくさんあった。今はそれがわかる」という言葉がテーマの問いに対する答え。

『ジェーン・エア』…魂の自由を得て、ロチェスターとの結婚生活を送るジェーン。エピローグでの彼女の生き方は以前と大きく異なっている。

『ジュラシック・パーク』…島を出て安全な場所へと向かうヘリコプター。子供嫌いだったグラント博士は、眠る子供たちをやさしく抱いている。

『ウォルター少年と、夏の休日』…オープニングと呼応するエンディング。ウォルターはしっかりとした足取りで農場に戻り、犬やブタたちに迎えられる。「僕が大学を卒業するまで生きていて」とおじさんたちに要求する。

『トイ・ストーリー』…文字通り新しい「普通の世界」（アンディ少年の新居）。オープニングは誕生日、エンディングはクリスマスを背景としている。ウッディはバズと仲良くなり、共にアンディ少年のお気に入りになって満足する。

『スリー・キングス』…エンディングのモンタージュは皮肉が効いた明るい雰囲気。主人公の三人が母国に戻り、それぞれが幸せに歩む姿と共に、金塊をわずかに利用したことが明かされる。

『フーリガン』…アメリカに帰国したマットは自分のために戦う意志を見せる（可能な限り争いを避けることを学んだ上で）。オープニングで自分を非難した学生に立ち向かい、汚名を晴らす。

『おつむて・ん・て・ん・クリニック』…すっかりまともになったボブはレオの妹と結婚。レオは緊張病からようやく解放される。皮肉が効いたエンディング。

「解決」でのキャラクターアークの例

『クリスマス・キャロル』…ディケンズはスクルージの変化を二、三の段落ではっきりと書いている。「生きている者の中で彼ほどよいクリスマスの過ごし方を知る者はいないとまで言われるようになった」。

『カーズ』…クライマックスでマックィーンがバックで逆走するのは驚きの行動（ピストン・カップ優勝をなげうち、キングの引退レースを手伝う）。また、ダイナコ石油のオファーを辞退し、毛嫌いしていたスポンサー「ラスティーズ」を選ぶ。その後、ラジエーター・スプリングスをトレーニング本拠地として町おこし。彼にとっても、ゆっくり夢が追える環境だ。マックィーンはメーターとの約束を守り、ダイナコ石油のヘリコプターに乗せてやる（信頼に足る人物だと証明する）。サリーとの恋も実る。キングのためにピストン・カップを放棄した理由がテーマの問いへの答えになっている。「気難しい年寄りのレーシングカーいわく『空っぽのカップ』だって」というセリフでも表現。

クエスチョン

1 「解決」とオープニングとのコントラストはついているか？
2 「解決」とオープニングはどのように呼応するか？
3 新しい「普通の世界」と最初の世界との違いは？
4 人物は古い「普通の世界」に戻るか？
5 「解決」がストーリーのテーマ的な問いに与える答えは？
6 教訓のようにならない形で、その答えをセリフで書くと？
7 最初と「解決」とで人物の行動はどう変わる？

ポジティブなアークの構築はストーリーの構成よりも複雑です。信念体系の変化のプロセスについての理解が深まれば、人物の心理描写にも説得力が増すでしょう。

人物が単に変化するだけでは足りません。読者が自分の体験を重ね合わせ、また、家族や友人たちのあり方とも重ね合わせられるような変化であれば理想的。現実と共通するパターンを作品の中に見出せた時、読者は深い共感や感動をおぼえます。

二章

フラットなアーク

「甘い幻想より残酷な真実の方がいい」

——エドワード・アビー

15 第一幕

フラットなアークはポジティブなアークに次いで多く、「テスティング・アーク」とも呼ばれます。フラットなアークの人物は変化しません。最初から「真実」を知っており、その「真実」を使ってさまざまな試練に立ち向かいます。

フラットなアークの主人公は強大な反対勢力に襲われます。信念が極限まで試されて動揺する時もありますが、主人公はけっして逃げません。外見などは変わっても内面の葛藤はほとんどなく、内面は一定しています。ヴェロニカ・シコーという作家は「三種類のキャラクターアーク――変化、成長、失墜」と題したブログ記事で次のよう述べています。

主人公は視点を変え、新しい技術や役割を得ます。人間的な成長や改心ではなく、単なる変化です。描かれるのは心理的な問題の克服ではなく、新しい能力や地位の獲得です。埋もれていた才能を思い出したり、以前とは異なる仕事を見出したりすることもあります。

フラットなアークはどのように機能するのでしょうか。フラット、つまり「平坦な」アークの物語を、なぜ読者は楽しむのでしょうか。

その理由は、これもやはり変化の物語だからです。人物が変わるアークでは、世界によって主人公が変わるのですが、フラットなアークでは主人公が世界を変えます。

ポジティブなアークの仕組みはすでにおわかりいただけたと思います。その大部分はフラットなアークにも当てはまりますが、特徴的なバリエーションがいくつか存在します。この三つの節でポジティブなアークとの相違点と、物語創作への生かし方を説明していきますね。

人物が信じる真実

ポジティブなアークの基本は人物が信じる「嘘」でした。フラットなアークは人物が信じる「真実」が中心です。主人公はすでに「真実」を自分の中に持っており、その「真実」に従ってプロット上の試練と戦い、「嘘」に支配されている世界を変革しようとします。

人物は「ゴースト」を持つ場合が多いです（バックストーリーに面白さと深みを与え、モチベーションの裏づけをします）。ただ、ポジティブなアークの人物とは違って、心はすでに吹っ切れています。フラットなアークの人物が自分の心を探求することはありません。

シリーズものでは一作目をポジティブなアークにして、二作目以降をフラットなアークで続ける手法がよく取られます。マーベルの映画『マイティ・ソー』シリーズがよい例です。第一作目でソーは「嘘」を払拭し、続編では新しい「真実」を使って周囲の世界を変えていきます。

「普通の世界」

フラットなアークの「普通の世界」は二種類あります。まず、人物の「真実」が表れている、よい世界。プロットポイント1で破壊されることもありますが、その世界を守るために人物が旅に出る方が多いでしょう。

もう一つは、ひどい「嘘」に支配され、主人公の「真実」と真逆の様相を見せる世界。主人公は「真実」を求めて悪を破壊し、よりよい世界にしようとします。

ポジティブなアークでも述べたように、これらの世界は主人公の心象を反映します。戦って守るもの、戦って打ち倒すものの象徴が「普通の世界」だと捉えましょう。それが舞台設定となり、ストーリーが展開します。

「特徴が表れる瞬間」

どのアークでも「特徴が表れる瞬間」の働きはほぼ同じです。フラットなアークでは、人物の「嘘」の代わりに「真実」の紹介をすること。それが唯一の違いです。

主人公の能力や信念とは、どのようなものでしょうか？　敵の「嘘」に対抗する特徴を挙げましょう。

それをオープニングで、読者にとって興味や共感が持てる描き方で示して下さい。

第一幕

全体の最初の四分の一の分量で舞台設定をします。主要な登場人物は全員紹介し、それぞれの価値観が「真実」寄りか「嘘」寄りかを示しましょう。ポジティブなアークで「嘘」を紹介する描写をふんだんに入れるように、フラットなアークでも第一幕で「嘘」をしっかりと提示しておきます。それを見れば、主人公にとって何が重要かが必ずわかります。このまま「嘘」の支配が及ぶと大変なことになってしまいます。

オープニングでは人物がまだ「嘘」に気づいていない場合もあります。心に「真実」はあるけれど、世界を動かす「嘘」がまだ直視できていないのです。しかし、第一幕が進むにつれて「何かが変だ」と気づき始めます。

オープニングから「嘘」との対立関係がはっきりしている場合も、第一幕では真っ向勝負は起きません。むしろ、対立を積極的に避けるぐらいです。主人公は自分の「真実」に満足していればじゅうぶん。世界を守り、変えていく必要性は、まだ感じていません。敵の「嘘」に戦いを挑むのは、第一幕の終わりのプロットポイント1以降です。

フラットなアークの第一幕の展開例

『ハンガー・ゲーム』…社会に必要なものは恐怖や虐待ではなく、信頼と思いやり（「嘘」に対する「真実」）。少女カットニスが住む「普通の世界」は荒れている。政府の圧力に怯えながら母と妹を守り、森で食べ物を集める日々。身体をはって愛する者たちを守ろうとする性質が、最初の一行から読み取れる（「特徴が表れる瞬間」）。この特徴は「インサイティング・イベント」で突出。カットニスは妹の身代わりとなり、「刈入れの日」の贄に志願する。第一幕での「ハンガー・ゲーム」の描写は精巧で、カットニスが住む世界の「嘘」の醜さがよくわかる。

『チキンラン』…とらわれて生きるより脱走して死ぬ方がまし（「嘘」に対する「真実」）。ニワトリのジンジャーの「普通の世界」は、まるで捕虜収容所のような養鶏場。経営者のトゥイーディー夫人は欲張りで、仲間を守ろうとするジンジャーの試みをことごとく妨害する。オープニングのモンタージュ映像で「特徴が表れる瞬間」が次々と紹介され、何度も脱走を試みるジンジャーの賢さと粘り強さを伝えている。第一幕では、いつ首をはねられるかわからない、恐怖の日々が描かれる（特に、トゥイーディー夫人がミートパイ製造機の購入を決める時）。ジンジャーは「真実」に体当たりでぶつかる。

『ラスト・オブ・モヒカン』…不誠実な為政者のために戦うよりも、家族を守るために戦う方が大切（「嘘」に対する「真実」）。ナサニエルの「普通の世界」はシンプルで美しい自然を尊ぶが、北米大陸をめぐる英仏間の争いが激化。治安が悪化する中、英国軍は現地の住民を民兵として招集。家族を置いて戦わねばならなくなる。オープニングの鹿狩りシーンは自然との一体感や敬意を感じさせ（「特徴が表れる瞬間」）、戦いの「嘘」との対比になっている。

『グラディエーター』…暗い世界の中でローマは光であり続けるべき（「嘘」に対する「真実」）。マキシマスの「普通の世界」は慈愛に満ちた賢者マルクス・アウレリウスに統治されている。だが、老いたアウレリウスに死期が迫ると、自己中心的な息子が帝位継承を狙い、崩壊の兆しを見せる。第一幕でマキシマスは「故郷に帰って家族と暮らす」か「ローマを守るために残る」かの選択に迫られる（ポジティブなアークのように「WANT」と「NEED」が具体的に対立している好例）。

『分別と多感』…思慮深さとは感情を殺すことではなく、むしろ大きな成果を生む（「嘘」に対する「真実」）。エリナー・ダッシュウッドは家族の中で唯一の思慮深い人物。分不相応な屋敷を買おうとする母や、衝動的な恋愛をする妹たちと暮らしている（「普通の世界」）。エリナーは「この家の長女で、人に役立つ助言をする。ものわかりがよく、落ち着いて判断する」と紹介される（「特徴が表れる瞬間」）。第一幕でエリナーは母のいざこざや妹たちの泣き言に対処しようとする。

『キャプテン・アメリカ／ウィンター・ソルジャー』…攻撃を未然に防ぐために脅威を監視する警察組織のもとで自由は守れない（「嘘」に対する「真実」）。スティーブ・ロジャースの「普通の世界」は不穏で、彼はシールドの任務に不安をつのらせている。物語の早い段階で、スティーブを利用しようとする人々への不信感が示される（「特徴が表れる瞬間」）。彼はフューリー大佐の真意を聞くと、第一幕でずっとシールドを去ることを考え続ける。

『勇気ある追跡』…正義には命をかける価値があり、社会的道義の軽視は秩序に反する（「嘘」に対する「真実」）。この「真実」を信じる少女マティ・ロスは人殺しや泥棒、町の人々に虐げられ、法の保護さえ受けられない。無法者が横行する開拓時代の環境（「普通の世界」）。世界は灰色だが、マティの白黒の区別は明確。冒頭で彼女は父を殺した犯人を探している（「特徴が表れる瞬間」）。第一幕では司法者らに邪魔されるたび、自力で問題を解決しようとする。

『バットマン　ビギンズ』…正義は調和のためにあり、復讐は自己満足のためにある（「嘘」に対する「真実」。第一幕の回想シーンでちょっとしたポジティブなアークと共に表現されている）。第一幕の「現在のリアルタイム」でブルースはこの「真実」を知っており、あとは実行するだけ。彼の「普通の世界」は裕福に見えるが、ゴッサムの中核部は腐敗している。デュカードに助けられたブルースは、第一幕で腐敗と戦う力を養う。だが、高潔に見えた「影の軍団」にさえ「嘘」が浸透していることがわかり、危機の深さが伺える。

クエスチョン

1　冒頭で人物がすでに信じている「真実」は？
2　その信念を後押しする「ゴースト」はバックストーリーの中にあるか？
3　敵対者の中に、主人公が抱える「嘘」が表れているか？
4　守るべき「真実」は「普通の世界」に表れているか？　あるいは、打倒すべき「嘘」が表れているか？
5　4の選択が前者なら、「普通の世界」を脅かす「嘘」をどう示すか？
6　主人公が「嘘」の脅威に初めて気づくのはいつ？
7　主人公は「嘘」との戦いをためらうか？
8　すでに「嘘」と戦うつもりなら、第一幕で主人公が全力を出せない理由は？
9　「真実」への信念や、そのために得た知識や能力を「特徴が表れる瞬間」で表現できるか？
10　主人公に対抗する「嘘」をオープニングでどう表現するか？

11　第一幕全体で、「嘘」が主人公に及ぼす危険をどう表すか？

フラットなアークを使えば、強くて有能な変革者が描けます。このパターンが英雄的な物語に多く見られるのは、プロットを重視して人物の心情描写をおろそかにしているからではありません。人物をとりまく世界の変化がドラマチックに描けるからです。ポジティブなアークに比べて単純だとか、地味だといった考えは誤解です。フラットなアークには独自の迫力やパワーが満ちています。

「欺瞞に満ちた時代に
真実を語るのは
革命的な行為である」
——ジョージ・オーウェル

16 第二幕

フラットなアークの第二幕はストーリーの心臓部。ここから主人公を不穏な世界へ送り出します。主人公はプロットポイント1での大きな出来事に反応し、「嘘」と戦おうとします。その後、ミッドポイントで新情報を得ると状況は一変。攻めの姿勢に転じます。

ポジティブなアークの主人公は自分の誤りに気づきます。フラットなアークの主人公は周囲にはびこる「嘘」に気づきます。その「嘘」と戦うべきかを考え、敵を倒して「嘘」を根絶するにはいかに「真実」を使うべきかを考えます。

すでに「真実」を知る主人公も、第二幕で「嘘」にとらわれます。「嘘」に屈する理由は山ほどあるため、「真実」の主張をやめて歩き去るかもしれません。アークがフラットだから戦いが簡単というわけではないのです。

プロットポイント1

プロットポイント1は物語に初めて訪れる大きな転機です。第一幕と第二幕が切り替わるところでもあり、人物がくぐる最初の「扉」にあたります。第一幕の「普通の世界」を離れ、新しい「冒険」の世界に出るところです。

フラットなアークにおいてもプロットポイント1の役割はほぼ同じです。世界を転覆させるような（そして、おそらく破滅的な）出来事や事件に遭遇した主人公は、自分の「真実」と世界の「嘘」との矛盾を強く感じ、リアクションをせずにはいられなくなります。

おそらく、その直前までは、むしろ対立を避けてきたでしょう。「面倒なことはごめんだ」と思っていたか、「世界がどうなろうと自分には関係ない」と考えていたかもしれません。あるいは、和解を求め、すでに話し合いなどを重ねてきたかもしれません。いずれにしても、プロットポイント1での出来事は衝撃的であり、主人公は突然、個人的な感情をかき立てられます。

第二幕の前半

プロットポイント1での出来事にショックを受けた主人公は「嘘」との対決を決意します。そのために必要な武器は「真実」です。今こそ自らの「真実」を行使すべきだと気づきます。プロット上のゴールは何か別のものであっても、その裏側には「嘘」に打ち勝つ必要性が潜んでいます。

第二幕の前半では、主人公はまだリアクションモードです。ただ茫然としているのではありません。

葛藤に対してどう動けばよいかが把握できていないだけです。逆に、状況を把握して操っているのは敵の方です。主人公は必要な情報を得ることができず、自らの意志で打って出るのが困難です。世界を揺るがす大問題に対処したくても、問題の全貌も「嘘」の闇の深さもまだ明らかにできていません。

ポジティブなアークとは対照的に、人物は「真実」を主張するたびに罰を受けます。「嘘」を敵にするのはよせと周囲の人々は説得します。こうした説得や批判は主人公の信念を揺るがすほど厳しいものでなくてはなりません。自分が求めているものは本当に「真実」だろうか、と考え込むほどの試練です。間違っているのは自分で、正しいのは人々の方なのか？　もしかしたら「真実」の正体は「嘘」であり、「嘘」の方が「真実」かもしれない！　不安や疑念が脳裏をよぎったり、暗い思いがシーン全体を覆ったりします。主人公は激しく迷いますが、「真実」を完全に否定することはありません。

ミッドポイント

ミッドポイントは物語の中盤で起こす転機で、重要な事実が発覚して形勢が逆転するところです。何かの出来事によって主人公に新しい情報が入ります。それまでの経過（ストーリーの前半部分）で疑問だったことがみな、少しずつ明らかになり始めます。敵の真の狙いや能力を知った主人公は、初めて「嘘」のあくどさや強さがわかります。

敵の「嘘」に比べて主人公の「真実」はちっぽけに見えるため、ここは憂鬱な流れかもしれません。でも、ヒーローは落ち込みません（一瞬たじろぐかもしれませんが）。むしろ闘志を燃やします。すべてのからくりが見えた今、自分を疑う気持ちは消えました。主人公は「嘘」を倒すべく、全力で立ち向かう覚悟をします。

ミッドポイントでの気づきには、ポジティブなアークにあるような「真実の瞬間」が必要です。しかし、フラットなアークでは、主人公が世界に向けて（間接的に、あるいは直接的に）「真実」を突きつけます。気づきを得るのは、それまで「真実」に抵抗していた仲間たちの方です（彼らはポジティブなアークをします）。敵は「真実」をせせら笑い、主人公に突き返します（敵はネガティブなアークをします）。

第二幕の後半

主人公にとって何もかもがミッドポイントで変わりました。自らの信念が正しいかどうかで深く悩んでいましたが、何と戦うかがはっきりわかり、戦うために必要なことも理解できました。苦戦を強いられることは確かですが（よいストーリーでは主人公が必ず不利な状況に置かれます）、命がけで戦うつもりです。

第二幕の前半が主人公のリアクションを描く部分なら、後半はアクションを描く部分です。私の著作の編集者キャシー＝リン・ディックの言葉を紹介しましょう。


人物がアクションをするか、しないかは、幕によって決まるでしょう。第一幕でのリアクションと決断は、人物が知る普通の生活に従ってなされます。それが第二幕前半では、プロットポイント1での反応で決まります。第二幕後半ではミッドポイントが人物の認識をどう変えたかで、リアクションと決断が生まれます。そして、第三幕ではドラマ上の問いを解決する意図に従います。

「嘘」の実態がわかれば、その弱点も見えてきます。主人公はそこを突いて（その弱点が小さなものだとしても）アグレッシブに行動し、世界に大きな影響を与えます。「嘘」は強硬な姿勢を崩しませんが、世界はその実態やひどさに気づき始めています。主人公を支持する声が高まり、敵は焦ります。第二幕は主人公の勝利で終わるように見えますが、それはプロットポイント3での大敗への布石に過ぎません。

フラットなアークの第二幕の展開例

『ハンガー・ゲーム』…カットニスはプロットポイント1で敵の陣地キャピトルに到着し、いやおうなしに「嘘」の世界に放り込まれる。彼女は「嘘」を打ち負かそうとは考えておらず、同郷の少年ピータが死んでも自分は生き残ろうと決意する。ミッドポイントで殺人スズメバチに襲われたところをピータに助けられ、ようやく彼女は「嘘」の全貌に気づき始める。スノー大統領の思惑どおりにゲームをするのを拒み、ピータを殺す考えも捨てる。この様子を見たゲーム・オーガナイザーは「同じ地区出身の二人が生き残った場合は両者とも優勝」と発表。負傷したピータを介抱しながら、カットニスは二人で生き残るための計画を練る。

『チキンラン』…鶏小屋にサーカス・パフォーマーのロッキーが落ちてきたのをきっかけに、ジンジャーは脱走の手段を思いつく。みんなが啞然とする中、彼女は他のニワトリたちにも飛び方を教えるので手伝ってほしいと頼み込む。ミッドポイントでジンジャーは「トゥイーディー夫人がニワトリを皆殺しにする予定」という情報をつかむ。ついに他のニワトリたちも「どうせ殺されるなら、死ぬ気で逃げなきゃ」と立ち上がる。「嘘」に気づいて最も大きく変わるのはロッキー（ポジティブなアークのキャラクター）。全力でジンジャーたちを助けようとする。

『ラスト・オブ・モヒカン』…マグアの奇襲で銃撃戦が勃発する中、ナサニエルはコーラとアリス・マンローを救出。「嘘」の世界とナサニエルの「普通の世界」が衝突する。ナサニエルは自らの「真実」で英国軍を変えようとする気はないが、仲間の部族がフランス軍と原住民に虐殺されたのを見てショックを受ける。彼はウィリアム・ヘンリー砦へ向かい、マンロー姉妹を父親である大佐の元へ送り届ける。ナサニエルが民兵たちを家族の元に帰らせようとすると、英国軍は彼を拘束。このミッドポイントで「嘘」の深さが露わになり、ナサニエルをとりまく世界は「真実」へとシフトし始める。それはコーラの心情の変化にはっきりと表れ、ダンカンもわずかな変化を見せる。

『グラディエーター』…皇帝の逝去は「自然死」と息子コモドゥスはうそぶくが、マキシマスは彼の言葉を否定する。マキシマスは捕らわれ、マキシマスの妻子は残酷に殺害され、物語はショッキングなプロットポイント1へ。マキシマスは捕らわれ、血みどろの殺し合いをするための奴隷「グラディエーター」にさせられる。第二幕前半での彼は希望を失い、無気力である。殺し合いが見世物にされることに強い憤りを感じつつ、「真実」のために戦う気力や覚悟を模索する。ミッドポイントで戦いの場がローマのコロセウムに移ると状況も一変。暴君コモドゥスの失脚を願うルシッラに協力を頼まれる。彼はコモドゥスに面と向かい「命をかけても復讐する」と宣言する。以後、マキシマスの動機は研ぎ澄まされて「真実」へ立ち返り、復讐でなくローマの平和と繁栄を希求する。コモドゥスは必死に策を弄するが、第二幕後半でマキシマスは果敢に戦う。彼が勝利するたびに、群衆はマキシマスの味方になっていく。

『分別と多感』…エリナーと家族はデボンシャーの小さなコテージに移り住む。妹マリアンは二人の男性（まじめなブランドン大佐と情熱的なウィロビー）と出会う。第二幕前半でエリナーは感情的な家族を支えるのに苦労する。また、自分の慎重さがあだとなり、好きな男性に冷たい態度をとられてしまう。だが、ミッドポイントでエリナーの「真実」の正しさが明らかになる。ヒステリックなマリアンに辟易したウィロビーは黙って町を去り、彼女を捨てたのだ。傷心のエリナーは第二幕の後半でも家族を導いていく。

『キャプテン・アメリカ／ウィンター・ソルジャー』…フューリー大佐が仲間に襲撃され、スティーブのシールドに対する迷いは消える。彼は逃亡犯として狙われながらも組織の「嘘」の実態を探る。ミッドポイントで汚職の全貌をつかみ、「自由の名のもとに」大量虐殺を行う計画があることを知る。スティーブにとって状況は不利だが、「誰と戦っているかがわかった」ため、展望は明るい。彼の「真実」の力は、第二幕後半でブラック・ウィドウが見せる態度の変化にはっきりと表れる。

『勇気ある追跡』…少女マティは悪党トム・チェイニーに父を殺されたが、司法は何もしようとしない。「真実」を求めるマティの態度や行動は非常にドラマチック。荒くれ者で悪名高い連邦保安官ルースター・コグバーンを雇い、「真実」を盾に戦う。マティには変化を促す強いキャラクター性があり、実質上、ストーリーの要所ですべてを動かしている。第二幕の前半でルースターとテキサス・レンジャーのラビーフが小競り合いをする間、マティはずっと耐えている。ミッドポイントでも彼らに「ついてくるな」と言われるが、彼女は一緒に先住民族居住地へ入っていく。ルースターとラビーフはマティの「真実」の強さを知り（「真実の瞬間」）、ためらいながらも仲間に入れる。第二幕後半ではチェイニーが率いる悪党たちを追い、目に見える形で葛藤が起きる。キャラクターアークも着実に展開されている。マティは自分が信じる「真実」をゆっくりと、しかし確実に、二人の法執行者に理解させていく。

『バットマン　ビギンズ』…新しい役割を担う決意をし、後戻りできない橋を渡ったブルースはゴッサムに戻る。第二幕前半の大部分はバットマンになる準備とマフィアの首領ファルコーニの計画の真相究明をめぐって展開。ブルースの「真実」はほぼ全員から試練を受ける。執事アルフレッドの心配やレイチェルの不信感に加え、ゴードンも彼を疑う。ミッドポイントで彼は麻薬組織の中核を攻撃。街にバットマンの「サイン」を見せつける。以後、彼は「真実」に従うだけでなく、自分自身が「真実」となる。ゴードンやレイチェルをはじめ、街の人々もブルースの力を信じ始めるが、執事アルフレッドに「あなたは内なる悪魔のとりこです」と非難されるなど反対も多い。主人公の正義が百パーセント正しいかどうかが誰にもわからない描き方は、フラットなアークとして非常によい例。ブルースは「真実」を信じて危険な綱渡りを続ける。

クエスチョン

1 プロットポイント1は人物にどう「嘘」を直視させるか?
2 自らの意志で「嘘」と向き合うか、しかたなく向き合うか?
3 人物が「真実」から逃避したくなる時はあるか?
4 「真実」を捨てて「嘘」を選ぼうとする時はあるか?
5 「真実」を信じる人物に抵抗を示す仲間は?
6 その仲間たちは「真実」によって、どのように態度や考えを変えていくか?
7 「真実」に対して敵はどんな抵抗を見せるか?
8 どのようにして敵は「嘘」の主張を激しくするか?
9 プロットで目指す主なゴールは「嘘」の打倒と直接的な関係があるか?

10　9の答えがノーであれば、ゴール達成のために「嘘」を打倒する必要があるか？
11　ストーリーの前半で人物が「嘘」について理解していないことは何？
12　「嘘」と敵について、ミッドポイントでわかる重要な情報は？
13　主人公は「真実の瞬間」を広く世界に、あるいは仲間や敵にどう突きつけるか？
14　主人公は「嘘」のどんな弱点や欠陥をミッドポイントで見つけて第二幕後半で利用するか？

フラットなアークが「プロット寄り」に見えるのは、主人公の周囲の世界が大きく変化するからです。でも、その変化は主人公の「真実」の行動が起こすもの。そのおかげで脇役たちは第二幕から変化し始めます。主人公のフラットなアークに触発されて、脇役たちはポジティブな、またはネガティブなアークを体験します。

「真実は私たちの度量に合わせて
変わったりしない」

――フラナリー・オコナー

17 第三幕

第三幕はポジティブなアークとの共通点が最も多い部分でしょう。どちらのアークの主人公も、第三幕では「真実」を完全に把握しています。ただし、フラットなアークの主人公は最初からずっと「真実」を知っています。

また、フラットなアークでは、脇役の誰か（主人公をとりまく世界を表す人物）が主人公の「真実」を受け入れて「嘘」を拒絶し、変化のアークを遂げます。主人公への世間の風当たりはまだ強いかもしれませんが、この脇役が変化することによって助けが得られます。ここで主人公が命を落とそうとも、その意志は誰かに受け継がれていくでしょう。

しかし、深刻なテーマが絶対に必要というわけではありません。フラットなアークの物語は「敵対者が支配する世界に反対する主人公」を描きますが、ディープな人間性を問うものでなくてもいいのです。「悪者を止めないと世界が破滅する」といったシンプルさでもかまいません。アクションものによく見られるパターンです。テーマ性はさほど強くありませんが、ストーリーは成立します。

プロットポイント3

第二幕の終わりで大勝利をしたかに見えた後、主人公は完全に不利な状況に転落。今まで体験したことのない大きな敗北をします。どんなキャラクターアークでも、プロットポイント3は主人公にとって苦しい局面。終わりや死さえ感じさせる苦境の中で恐怖と向き合い、「真実」を再び胸に立ち上がります。

フラットなアークの主人公は「真実」に対する信念がありますが、その信念で「嘘」が打倒できるかがわからなくなって、悩みます。自分の無力さに憤り、壁に物を投げつけるような場面です。「こんなに必死に戦っても、敵にかすり傷程度しか与えられていないじゃないか。戦うことに何の意味があるんだ」ともがき苦しみます。

プロットポイント3はできる限り、主人公の苦悩が表れるように設定しましょう。弱ったところを敵に攻撃させる必要があります。ただ「負ける」だけでなく、親友を殺されたり、妻子が危険に陥ったり、主人公が負傷して捕らえられるような局面です。何もかも失い、道が断たれるような状況を作りましょう。

第三幕

プロットポイント3に対する主人公の反応を第三幕前半で描きます。主人公のおかげで脇役たちは

「真実」の価値に気づいています。ある人物が「気づかせてくれてありがとう」と主人公を認めて励まし、心をなごませるシーンもよくあります。あるいは、まだ不安におののいている人物たちに主人公が喝を入れます。

主人公は総力を結集させて、次の動きを考えます。究極の武器は「真実」ですが、プロットポイント3でかなりの窮地に陥っています。敵を攻撃するチャンスはあと一度しか残っておらず、しかも、ぎりぎりのところで成功できるかどうかです。

主人公は再び「真実」を胸に誓えるか。すべてはそれにかかっています。ここまでくれば、主人公は命がけ。プロットポイント3での出来事を振り返って物思いに沈み、比較的静かな流れになるでしょう。主人公が「真実」と「嘘」をストレートに語り、決意の理由を（また、再び決意を新たにした理由も）述べるタイミングです。

クライマックス

クライマックスは第三幕の約半分（全体の九十パーセント経過）あたりの地点で起きます。主人公は敵と「嘘」に最終攻撃。ポジティブなアークと同様に、主人公の「真実」と敵の「嘘」がダイレクトに衝突します。そうした理念の衝突の方が、腕力や武力の衝突よりもはるかに重要です。

ポジティブなアークとの違いは主人公の「真実」の揺るぎなさ。敵は「嘘」を主張して揺さぶりをかけますが、主人公はひるみません。腕力では敵の方が強くても、主人公の決意の前では効果がありません。

「クライマックスの瞬間」では脇役たちの決意も問われます。ここでどの脇役をどれだけ目立たせるかは、ストーリーの中での重要度を見て決めましょう。最後の勝利をもたらすのは、あくまでも主人公です。「真実」の叫びをあげるのが脇役の誰かなら、実質的にはその人物が主体になります。フラットなアークの主人公とポジティブなアークの脇役が共に主役なら問題ありません。でも、どちらの人物のアークをストーリーの前面に出すかは、常に意識して選んで下さい。

――「解決」

対立を経て人物や世界がどう変わったかを「解決」部分で描きます。これは他のあらゆるタイプの物語とも同じですが、フラットなアークで描くのは脇役たちや世界の変化です。「嘘」が滅んで「真実」が台頭した結果、脇役たちはどのように歩んでいくか。前から「真実」を信じてきた人物なら、信念に従って生きる自由を得ます。

「嘘」だらけの邪悪な世界は滅び、主人公と仲間たちは新しく、よりよい世界を築きます。「普通の世界」が最初から「真実」に満ちていれば、主人公たちはそこに戻って平和に暮らします。

主人公にドラマチックな変化はありませんが、表に見える性格やライフスタイルが変わらないとは限りません。「真実」に対する脅威が消えた今、武器を捨てて畑仕事に精を出すかもしれません。新しい能力を生かして何かするか、次なる「嘘」と戦うために旅立ちます。たとえ主人公をとりまくすべてが変わっても、物語の核心である「真実」への信念だけは変わりません。

――フラットなアークの第三幕の展開例

『ハンガー・ゲーム』…カットニスはピータの薬を得る方法を知り、コルヌコピアでの最終決戦に向けて大きな賭けに出る。洞窟に戻ってピータの手当てをするが、自らも傷を負ったせいで気を失う。感情を揺さぶる場面が前にあるので（共闘していた少女ルーの死）プロットポイント3としては比較的弱いが、ピータと心を通わせるカットニスの心情に焦点が当たっている。二人が「真実」を表し、殺し合いのゲームをさせようとするスノー大統領は「嘘」を表す。カットニスの「真実」は揺らがず、ゲーム・オーガナイザーを出し抜きピータと共に生き残る。彼女がもたらす変化は「解決」部分の描写で伺える。

『チキンラン』…次々と明るい展開が訪れる（ロッキーはジンジャーを救出し、パイ製造機は爆発。思いを通わせる二人。ロッキーの翼が元通りになり、ジンジャーは彼を頼りにする）。だが、プロットポイント3でロッキーに置いてきぼりにされ、彼の言葉は嘘だったのかと悲しむ。気を取り直したジンジャーは仲間と共に飛行機を作る。クライマックスで危機一髪の離陸。戻ってきたロッキーのおかげで飛行機は舞い上がる。トゥイーディー夫人の「嘘」に最後のとどめを刺すのはジンジャー。「解決」でニワトリたちは新しい世界に到着。柵のない、豊かな草地で自由に暮らす。

『ラスト・オブ・モヒカン』…復讐心に燃えるマグアの急襲から逃れたナサニエルたちだが、追手から逃げるため、コーラやアリス、ダンカンと別行動を余儀なくされる。ナサニエルはコーラに「何年かかっても君を探し出す。助けに行く」と告げ、揺るぎない「真実」を見せる（愛する者たちを守ること）。だが、二人はすぐに再会。ダンカンが身代わりに処刑されてコーラの命は助かるが、アリスは敵に連れ去られてしまう。クライマックスではナサニエルから弟ウンカスに焦点が移るが、アリスを助けようとして命を落とす場面はナサニエルと同じ「真実」を伝える。「解決」では復讐や暴力などの「嘘」がない平和な世界に戻り、ナサニエルとコーラは共に新しい人生を始める。

『グラディエーター』…マキシマスとルシッラは元老院と兵士たちを味方につけてコモドゥス打倒を目指すが、計画は失敗。マキシマスの忠実な部下を含む中核メンバーが殺されてしまう（マキシマスの感情に打撃を与える）。拘束された彼はコモドゥスに刺され、傷を負った身でコロセウムの決闘へ。クライマックスでコモドゥスを殺すが、自らも死亡する。ローマに希望が訪れ、競技をさせられていた奴隷たちも解放される。その一人ジュバが「自由になれた」とつぶやき、物語は幕を閉じる。

『分別と多感』…妹マリアンがウィロビーに捨てられた後、エリナーの恋も絶望的になる。彼女が想いを寄せる青年エドワード・フェラーズが、ずる賢い女性ルーシーとの婚約を発表したからだ。しっかり者のエリナーも、この時だけは打ちひしがれるが、妹マリアンを家に連れ帰ろうと気丈にふるまう。物語は悲劇的な流れからクライマックスへ。雨の中を走ったマリアンは体調を崩し、危篤状態に陥る。結局、エドワードの婚約は解消され、エリナーの良識が報われる。「解決」でエリナーは彼と結婚。改心したマリアンもブランドン大佐と結婚し、幸せが訪れる。

『キャプテン・アメリカ／ウィンター・ソルジャー』…プロットポイント3でスティーブたちは捕らえられ、殺されそうになる。しかも、敵の正体は昔の親友だと発覚。衝撃を受けるスティーブだが、個人的な感情も命も捨てる覚悟で仲間と共に「真実」を果たす。シールドの脅威がない新しい世界が実現し、みなが意識や生き方を見直す。

『勇気ある追跡』…マティは悪党チェイニーと川で遭遇。父の形見のリボルバー銃を撃って傷を負わせる。マティは自力でチェイニーを捕らえようとするが、肝心な時に銃が不発。ルースターとラビーフの目の前で連れ去られてしまう。マティは激しく落胆するが、一味のリーダー、ネッド・ペッパーに自らの主張を伝える。ネッドはチェイニーに「この子を傷つけるな」と命じてその場を離れる。その後、毒蛇に咬まれたマティをかばってルースターがチェイニーを殺す。クライマックスでのマティの役割が小さくなっていることは否めないが、周囲を変えていく彼女の強さは圧巻。ルースターの行動はすべてマティからの影響でなされている（訳注：二〇一〇年のリメイク版映画『トゥルー・グリット』ではマティがチェイニーにとどめを刺している）。マティは片腕を切断によって失うが、強靱な精神は変わらない（頑固といえるほど）。逆に、内面を大きく変えたのはルースターとラビーフの方。特に、ルースターの心にマティへの思いやりと愛情が生まれる。目に見えて変化するのは西部の世界。エピローグで法律を守って生活する人々の姿がマティ自身の象徴。

『バットマン　ビギンズ』…ラーズ・アル・グールはゴッサムを破壊しようとし、手始めにブルース・ウェインの屋敷を炎上させる。負傷したブルースはなすすべもなく、「これは天罰なのか、アルフレッド？　父の遺産が燃えていく」とつぶやく。執事アルフレッドに励まされ、ブルースは再度、大混乱に陥ったゴッサムへ。単身でラーズ・アル・グールと対決し、「真実」の力で彼を倒す。「解決」でゴードンが「きみのおかげで汚職警官はなりを潜め、街に希望が戻った」と語り、新しい世界を言い表している。この世界がまだ完璧でないことは続編があることでもわかるが、ブルース・ウェインの信念と行動によってゴッサム・シティが明らかに変化したことを見せている。

――クエスチョン

1　脇役たちが「嘘」を捨てて「真実」を受け入れたことは、生き方にどう表れるか？
2　プロットポイント3で主人公の身体や精神、あるいはその両方に打撃を与える敗北は？
3　プロットポイント3で人物はどのように「死」と直面するか（象徴的な意味でもよい）？
4　主人公に敗北をわが身のこととして痛感させるには？
5　「真実」に対する信念を保つ一方、自分に「嘘」を克服する力があるかどうかを疑問視させるには？
6　5の疑問をどう解決するか？　脇役が主人公を励ますか、主人公が脇役を励ますか？
7　プロットポイント3での敗北の後、主人公はどうやって「真実」への思いを回復するか？
8　「嘘」と「真実」の根本的な対立をはっきり書き表すには？
9　敵を倒すために、なぜ「真実」が必要か？
10　マイナーな人物たちを主人公より目立たせることなく、最終決戦を支援させるには？
11　主人公と「真実」がもたらす変化を「解決」でどう描くか？
12　冒頭に比べて世界は変化したか？　あるいは世界は変わらず、そこを出た主人公が帰還するか？
13　「解決」部分で「真実」を表す脇役は？
14　主人公は冒頭での姿と比べ、外見や内面は変化したか？
15　主人公の中にある「真実」が変わらないことをしっかり伝えるには？

フラットな「アーク」は誤解されたり、見過ごされたりしがちです。主人公が変化しないため、書きながら「何かが足りない」と感じる人もいるでしょう。しかし、フラットなアークがダイナミックな傑作を生んだ例もたくさんあります。世界を変えるヒーローにも長所や短所があり、他の主人公たちと変わりません。ただ、揺るぎない「真実」を知るからこそ、周囲を変えていけるのです。作り方次第で記憶に残るパワフルな物語になります。

三章
ネガティブなアーク

「自分に嘘をつくことは
他人に嘘をつくことよりも
根深い問題だ」

――フョードル・ドストエフスキー

第一幕 18

ネガティブなアークを好んで書く作家など、いるのでしょうか。

シェイクスピアやドストエフスキー、フォークナーやフローベールはどうでしょう。

なんとなく思い浮かべていただける作家たちがいるのでは、と思います。

ハッピーエンドは万人に好まれますが、そうでない物語もたくさんあります。ネガティブなアークには心温まる感覚がありません。映画化してもデートで見たい作品にはなりにくいですが、底知れないパワーと感動を呼ぶ物語にもなりえます——もし、そこに真実が描かれているのであれば。

ハッピーかどうかに関わらず、真実は人の心を打ちます。私たちが目をそらしていたい真実こそ、私たちに必要なものなのです。そのような真実を描くために、ネガティブなアークが役立ちます。主人公が最初よりも悪い状態に落ちて終わるアークで、他の人物たちを道連れにすることもよくあります。

スタンリー・D・ウィリアムズはこう説明しています。

美徳は成功を招き、悪徳は敗北を招く。だが、限りのない悪徳が招くのは破滅だ。

ネガティブなアークの三つの展開例

物事のやり方には、正解よりも間違いの方がはるかに多く存在します（ですから、私のブログ「Most Common Writing Mistakes（書き手によくある失敗）」シリーズも話題が尽きないのでは、と思います）。正しい道を見つけて終わるポジティブなアークやフラットなアークは、やはり基本形が一つと決まっています。でも、間違った道へと墜ちていくネガティブなアークには複数のバリエーションがあるのです。

まず、三つのバリエーションについてお話ししてから、ネガティブなアークの構成をご説明することにいたしましょう。

1　失望のアーク

「嘘」を信じる＞嘘を克服する＞悲劇的な「真実」を知る

（例：F・スコット・フィッツジェラルドの小説『グレート・ギャツビー』、アントワーン・フークア監督の映画『トレーニング　デイ』）

失望のアークはネガティブな側面ばかりでありません。ポジティブなアークと同じように、主人公は

「真実」を深く理解するようになりますし、前向きな人生に変わる可能性も高いです。でも、ストーリーは暗いです。楽天的で明るい思考のキャラクターが、どんどんネガティブな思考をするようになるからです。主人公が思うほど「真実」は素晴らしいものではありません。冷たく厳しい現実が突きつけられます。

2　転落のアーク

「嘘」を信じる＞「嘘」に執着する＞新しい「真実」を拒絶する＞ますます「嘘」を信じ込む／さらにひどい「嘘」を信じる

（例：エミリー・ブロンテの小説『嵐が丘』、ジョン・パトリック・シャンリー監督の映画『ダウト～あるカトリック学校で～』）

悲劇に最も多いタイプです。人物が「嘘」を信じているのはポジティブなアークと同じですが、このアークの人物は「真実」を選びません。「真実」を学ぶ機会をことごとく拒絶し、自らの罪へと墜ちていきます。そして、たいてい、他の人々も巻き込みます。結末は狂気や不道徳、死などです。

3　腐敗のアーク

「真実」を知る＞「真実」を拒絶する＞「嘘」を受け入れる

（例：マリオ・プーゾの小説『ゴッドファーザー』、ジョージ・ルーカス監督の映画『スター・ウォーズ』エピソードⅠ〜Ⅲ）

「真実」を尊ぶ人物が「嘘」に引き込まれるアークです。ポジティブなアークには最初から「真実」の種が埋もれていますが、腐敗のアークの人物は「嘘」の種を潜在的に抱えています。「真実」を見ても善人になろうとはせず、腐敗への道を選ぶため、すべてのアークの中で最も心を揺さぶるものかもしれません。失望のアークと似ている点も多いのですが、『Perfecting Plot（プロットを完璧に作る：未邦訳）』で著者ウィリアム・バーンハートはこう指摘しています。

腐敗しないでただ失望することも可能だし、失望しないでただ腐敗することもありうる。

――人物が信じ込んでいる「嘘」

人物が信じ込んでいる「嘘」はネガティブなアークでも重要な役割を担います。ポジティブなアークの「嘘」は人物に欠けているものを示しますが（例：お金がなければ幸せになれない）、ネガティブなアークの「嘘」は人物が自分の価値を低く見ていることを示します（例：大金持ちだが、そのありがたさを知らない）。素晴らしいものを持っていますが、それを当たり前のように感じています。しかも、それを捨てて（また「真実」も犠牲にして）「嘘」を追い求めます。

「WANT」と「NEED」と「ゴースト」はポジティブなアークと基本的に同じです。ただ、ストーリーの中で人物がどのように「ゴースト」を扱うかが異なります。ネガティブなアークでは「ゴースト」を克服せず、屈服して餌食になります。

失望のアークの例

『グレート・ギャッツビー』…古典的名作。主人公のニック・キャラウェイは謎めいた富豪ジェイ・ギャツビーを眺めるだけの存在。ニックはアメリカ中西部出身の、うぶで楽天的な若者として登場する。楽観的な「嘘」を信じ込んでおり、社会の名士である美男美女は幸せで、高級住宅地イースト・エッグで暮らせば自分も楽しめそうだと期待している。彼が求める「WANT」は裕福な人々の仲間入りをすること。本当に必要な「NEED」は華麗な暮らしの裏にある「真実」の浅はかさを知ること。「ゴースト」は田舎育ちの背景から生まれる純朴さ。

転落のアークの例

『嵐が丘』…ヒースクリフは一体感や幸福を求めて「嘘」を信じ始める。彼の「WANT」は幼なじみのキャシーを手に入れること。だが、彼が本当に必要としている「NEED」は執着をやめて彼女から離れること。「ゴースト」は孤児であること。おそらく私生児でもある彼は、キャシーとその父を除く全員から冷遇される。

腐敗のアークの例

『スター・ウォーズ』エピソードI〜III：ほぼ全体が掟破りの作り方であるのはおなじみだが、基本的な構成は定型どおり。暗黒に堕ちるアナキン・スカイウォーカーの物語は腐敗のアークを描いた映画の中で天下一品かもしれない（ファンとしての個人的な意見でもあるけれど）。幼少時代のアナキンは希望を抱き、周囲の人々にも親切。すでに「愛は物理的な力に勝る」という「真実」を知っている。だが、奴隷の身分という「ゴースト」が「嘘」の種を芽吹かせる。彼の「WANT」は愛する人たちを守り、救うこと（母親や、後に妻となる女性）。だが「NEED」は「心を鍛え、失うことへの恐れを捨てる」というヨーダの言葉どおりである。

普通の世界

「普通の世界」の描き方は三種類でそれぞれ異なります。失望のアークの人物は「嘘」の華やかさや栄光に惹かれ、偽りの希望や成功を夢見ています。素晴らしくて美しい「嘘」が人物にとっての「普通の世界」。彼は何も疑わず、この世界に憧れます。

転落のアークの人物は「嘘」の世界に浸ってのんびりと、そしてたぶん、無気力に暮らしています。穏やかな世界に見えますが、かすかに不穏な感じがします。人物はおとなしくしているものの、心から満足してはいません。「普通の世界」は人物が逃げられない（そして逃げようとしない）「嘘」を象徴しています。

腐敗のアークの人物は比較的よい世界に住んでいます。その世界では「真実」が尊ばれています。問題がないわけではありませんが、安心して幸福や成長が追求できる場所です。

失望のアークの例

『グレート・ギャツビー』…ニック自身の「普通の世界」はのんびりした中西部の暮らしだが、バックストーリーでちらりと伺えるのみ。舞台はすぐに「嘘」の「普通の世界」へと切り替わり、彼の従姉妹デイジーが住むニューヨーク州イースト・エッグの享楽的な暮らしが描かれる。

転落のアークの例

『嵐が丘』…ヒースクリフが住む「嵐が丘」の地名は作者ブロンテが「嵐に吹きさらされる場所」と書いているように、荒涼としたテーマを物語っている。孤児ヒースクリフが連れて来られたのは荒廃した厳しい土地。屋敷では息子から召使たちに至るまで、みながヒースクリフを嫌って邪険に扱う。彼も人々を嫌悪するが、受け入れてくれた養父とおてんばな娘キャシーに不思議な絆を感じ、どうにか耐えている。

腐敗のアークの例

『スター・ウォーズ』…砂漠の惑星タトゥイーンで強欲なワトーの奴隷にされているアナキン。幼い彼にとって「普通の世界」は素晴らしくは見えないが、修理工やパイロットとしての腕前のおかげで優遇され、母親と二人で幸せに暮らしている。

人物が際立つ瞬間

ネガティブなアークでも「特徴が表れる瞬間」で人物の真の姿を紹介します。性格や主な関心事を表現するだけでなく（もちろん、これらは重要ですが）、潜在的に隠し持っている「嘘」の可能性もほのめかしておきます。道路を渡ろうとする老婦人に手を貸すような、人に好かれるタイプにする場合も、ダークな一面をちらりと見せ、読者が未来の暗さを予感できるようにして下さい。

失望のアークの例

『グレート・ギャツビー』…年を重ねて賢くなったニックは父から聞いた助言と共に、ギャツビーとの日々を振り返る。「誰かを批判したくなったら思い出しなさい。世界じゅうのみんながお前のように恵まれているわけではないということを」。この言葉はニックの故郷である地味な「中西部」でつぶやかれるが、心の冷たさや軽蔑へのいましめが必要なのは、むしろギャツビーが住む富裕層の町。ニックの純朴さが即座にわかる始まり方であり、痛烈な皮肉を感じさせる終わり方。

転落のアークの例

『嵐が丘』…『グレート・ギャツビー』と同様に、オープニングのヒースクリフは時系列の中でほぼ最後の姿。成人した彼は人間ぎらいで冷酷で、「嘘」を信じてきたために心に深い傷を負っている。二、三章進むと、物語は彼の少年時代へ。アーンショー氏に連れられて嵐が丘に来た彼は、恵まれない無口な孤児として紹介される（翌朝アーンショー氏の寝室の外で、冷たい床にうずくまっているのをメイドに見つかる）。

一方で、粗野で激情的な面があることも示唆される。

腐敗のアークの例

『スター・ウォーズ』…アナキン少年は奴隷として登場。人生の「真実」を思い知っているであろうことが即座に感じ取れる。彼はしっかり者で明るく、人に対する思いやりや親切心ももっている。だが、権力者（ワトーやセブルバ）に対して怒りをぶつける時もあり、心の中の「嘘」をちらりと見せている。彼は自分の運命に不満であり、母親を守る決意が固い。その思いはクワイ＝ガンに「僕はジェダイになって奴隷を解放する夢を見たよ」と話す姿に表れる。

第一幕

どのタイプのアークでも、第一幕では「真実」と「嘘」を提示します。どちらか一方を表現すれば、対極にある価値観も自然に映し出されます。ネガティブなアークでは三種類とも「嘘」が優位です。「嘘」が主人公の世界や個人の内面をどう作り、影響を与えているか、読者が把握できるように書かねばなりません。

ステーク（危機感）の設定も重要です。主人公が「嘘」を生きると他の人物たちにどんな危険が及び、「真実」を選べば何が犠牲になるかを伝えましょう。簡単に選択できるものにせず、重要な局面での決定が難しいものにします。ハイリスク・ハイリターンな選択肢を揃えましょう。

第一幕の間、人物は「真実」や「嘘」をまだ意識しないでしょう。そこまで大きなものを抱えているとは思っておらず、ただいくつかの選択肢について考えているだけです。何かが間違っているように感じ、それを正したいとは思っています。しかし、ようやく大きな決断と行動をして「普通の世界」から押し出されるのは第一幕の終わりです。それまでは、人物が感じる違和感が徐々に高まる流れを描きます。

失望のアークの例

『グレート・ギャツビー』…ニックは第一幕で上流社会を訪れ、さまざまな成功者たちと出会う。彼と行動を共にするのは従姉妹のデイジーと、横柄な夫トム。また、修理工のジョージ・ウィルソンとセクシーな妻マートル、ニックと親交を深める女性ジョーダン・ベイカーも登場する。まだギャツビーは登場しないが、華麗な風景の中の光のように大きな存在感を漂わせる。また、デイジーとの過去のつながりも読み取れる。

転落のアークの例

『嵐が丘』…第一幕全体でヒースクリフの「嘘」が描かれる（キャシーが必要であるということ）。彼とキャシーは残酷な世界でお互いを守り合う。その点ではヒースクリフがキャシーを必要とするのも当然に見えるが、彼女がわがままで突拍子のない行動をする様子もつぶさに描かれる。近所のリントン家で怪我をしたキャシーは屋敷で療養させてもらううちに優雅な生活に魅せられ、ヒースクリフを嫌い始める。リントン家のエドガーの恋心を受け入れるのも財産が目当て。本心ではヒースクリフに惹かれ、やさしくかばうが、次の瞬間には冷たく突き離す。キャシーとのつながりを断つ方がヒースクリフのためだということが読者に伝わる。

腐敗のアークの例

『スター・ウォーズ』…エピソードI全体が腐敗のアークの第一幕に相当し、アナキンが潜在的に持つ善良さと並外れた能力が紹介される。母と「普通の世界」にいるうちは、彼の内面で「真実」が強く働いている。だが、ジェダイの才能をクワイ＝ガンに認められると、その「真実」を捨てる誘惑に駆られていく。奴隷の母を自由にしたいのと、過去に味わった無力さとの反動で力を求める。ジェダイ評議会もアナキンの受け入れに難色を示し、隠れた「嘘」が表出し始める。

クエスチョン

1 主人公がたどるアークは失望、転落、腐敗のどれか？
2 人物はどんな「嘘」の犠牲になるか？
3 その「嘘」はストーリーの最初でどのように示されているか？
4 （失望のアークで）人物または人物をとりまく世界で「真実」はどう示されているか？
5 ストーリーの初め、人物は「真実」をどのように低く見ているか？
6 人物の信念や「嘘」を好む傾向に影響を与えている「ゴースト」は？
7 人物の「NEED」は何？
8 人物の「WANT」は何？

9 失望のアークで、なぜ「嘘」の「普通の世界」は人物にとって魅力的なのか？
10 転落のアークで人物はすでに「嘘」の普通の世界にはまっている。どのように？　その世界からまだ逃げ出していないのはなぜ？
11 腐敗のアークの「普通の世界」は「真実」をどう享受しているか？　その世界の中で、なぜ人物はまだ居心地がよくないのか？
12 「嘘」に気持ちが傾いていることを「特徴が表れる瞬間」でどのように描写できるだろうか？
13 「嘘」を選ぶことに対するリスクは？
14 「真実」を選ぶことに対するリスクは？

ネガティブなアークの主人公を巧みに描けば、世界の真実や読者自身の真実が描けます。読むのはつらいでしょうが、重要な作品になることは確かです。不朽の文学作品の多くが悲劇であるのも偶然ではありません。「嘘」を選んだ人物の末路に心が揺さぶられるとしたら、読者自身の人生経験と共通点があるからです。共感度を最大限に高める構成をすれば、厳粛なまでにリアリティを感じさせる作品になるでしょう。世界を変える一助となる物語になりそうです。

「真実を愛すると誰もが言うが
本当は、みな、自分が愛するものが真実だと
思いたがっているだけである」

――ロバート・J・リンガー

19 第二幕

第二幕はポジティブなアークとの共通点がたくさんあります。主人公が苦悩や違和感をつのらせ、「普通の世界」から押し出されるのも同じ。新しい世界に足を踏み入れた主人公が「嘘」と向き合うのも同じ。自分がどんな「嘘」を信じ、どんなふうにコントロールされてきたかを理解し始めることも同じです。

では、ネガティブなアークだけが持つ、第二幕の特徴は何でしょう？

もう、おわかりでしょう。人物が、ますます闇に引き込まれていくことです。ネガティブなアークの第二幕では、人物がいくつもの決断をします。特に、プロットポイント1とミッドポイントでの決断は大きく、目立ちます。人物は何かを決断するたびに、どんどん「嘘」にとらわれていきます。

プロットポイント1

ネガティブなアークは人物が闇へ墜ちていく物語ですから、出だしは高い位置から始めなくてはなりません。多くの作品がプロットポイント1の出来事をポジティブなものにしています。人物にとっていいこと、面白いことが起こるのです。たとえば、理想の女性に出会う、就職する、悪い状況から抜け出すなど。「嘘」と距離を置くような、よい決断をすることもあります。

しかし、そうした明るい出来事も、どこか不吉な予感を感じさせます。あらゆる種類のアークの中で、伏線を最も重視すべきなのはネガティブなアークです。不幸な結末を読者の心に響かせるには準備が必要だからです。読者が結末を納得して受け入れるような説得力が要るのです。

失望のアークの例

『グレート・ギャツビー』…ギャツビーをとりまく人々のプロットポイント1は華やか。田舎育ちのニックが憧れる富裕層の堕落を象徴的に表している。だが、ここでさらに大事なことは、謎めいた富豪ジェイ・ギャツビーの紹介がニックを「普通の世界」から連れ出す役目をしていること。ニックにとって、すべてはまだ素晴らしく見えている。彼はギャツビーに好感を抱き、積極的に友達になろうとする。パーティーに出席しようと決めたことが彼の人生を変えていく。

転落のアークの例

『嵐が丘』…エドガー・リントンから求婚されたキャシーはメイドに喜びを打ち明ける。その声を物陰で聞くヒースクリフ。キャシーはエドガーを愛しておらず、ヒースクリフを必要とするが、さりとて彼のような「下品」な男とは結婚できない。すべてを知ったヒースクリフは黙って屋敷を出る。世の中で成功して戻り、キャシーに求婚する決意である。彼の決意は非常にポジティブ。キャシーの兄ヒンドリーを見返し、キャシーとも対等になろうとする。だが、キャシーとエドガーの結婚は前向きに進み、ヒースクリフの努力に暗い影が差す。

腐敗のアークの例

『スター・ウォーズ』…エピソード単位でなくアナキン・スカイウォーカーのアークに注目すると、プロットポイント1はエピソードⅠの終わりでオビ＝ワンが彼を弟子にするところ。アナキンは正式に「普通の世界」（タトゥイーンでの奴隷生活）を離れ、ジェダイのパダワン（弟子）として新しい世界、惑星コルサントに舞台を移す。表面上は少年アナキンにとって非常にポジティブな転機。修行で自分を磨き、銀河系への理解も深めていけるからだ。だが、この決定が後に大きな問題を引き起こす。ルーカス監督は伏線をもう少し強く見せてもよかったかもしれないが、雰囲気は伝わる（エピソードⅠの前の部分でジェダイ評議会に弟子入りを却下された時、アナキンは不服そうな目つきでメイス・ウィンドゥを見ている）。

第二幕の前半

ネガティブなアークでも、第二幕の前半ではプロットポイント1に対する人物の反応を描きます。人物は「WANT」を得ようと一生懸命に動きますが、状況は後押ししてくれません。その主な原因は、敵についての情報やゴールに関する情報がつかみきれていないこと。でも、もしかしたら、人物本人のやる気のなさも一因かもしれません。「絶対に勝ってやる」という心境に至っていない場合もあるでしょう。

そんな中で、人物は「嘘」と「真実」についての理解を深めます。失望のアークの人物は「NEED」をおろそかにして憧れの対象に近づきますが、「嘘」を信じるのが苦しくなり始めます。

転落のアークの人物は徹底的に「真実」を思い知らされます。自分が信じ込んできた「嘘」のせいで苦しみます。ほしいものは得られず、手に入れようとすればそのたびに叩きのめされます。「嘘」について考え直す時もありますが、自分の欲求に執着しすぎて手放せません。

腐敗のアークの人物は「嘘」がどれほどパワフルかを目の当たりにし、願望を実現する道はこれしかないと確信します。そうして「WANT」への執着を深め、ますます深く「嘘」を信じ、「真実」を拒絶します。

失望のアークの例

『グレート・ギャツビー』…ニックは第二幕前半でギャツビーと知り合い、魅了される。ギャツビーもデイジーたちと同じく享楽的な暮らしをしているが、子供のように夢を語る純粋な面もある。そんな彼を見たニックは徐々にイースト・エッグの世界のおかしさを感じ始めるが、ギャツビーの退廃にも引き込まれていく。ギャツビーは友人ウルフシェイムらと闇の世界で交流があった。また、彼の昔の恋人はデイジー。再会を望むギャツビーはニックに協力を求める。

転落のアークの例

『嵐が丘』…ヒースクリフはアメリカで成功して戻ってくるが、キャシーはとっくにエドガー・リントンと結婚したと知らされる。キャシーへの想いを断ち切り「真実」を受け入れようとするが、怒りや憎しみは消えず、また、執着も消えない。彼の暗い性質はヒンドリーへの復讐（賭博や酒を勧める）やエドガーへの復讐（彼の妹イザベラと結婚する）となって表れる。

腐敗のアークの例

『スター・ウォーズ』…成人したアナキンはジェダイの誓いを破ってパドメ・アミダラ議員と恋に落ちる。ジェダイとして情熱を燃やす一方、ジェダイの掟に従わねばならないことに憤りも感じる。反抗的になった彼は、ますますパドメへの想いを深め、「WANT」と「NEED」の両方を手に入れようとする。

ミッドポイント

ミッドポイントはすべてが一変するところです。人物はこれまで「嘘」に従って前進してきましたが、その進み方はゆっくりで、まだやり直しも可能です。実際、「このままでいいのか」と迷う時も何度かあったに違いありません。しかし、ミッドポイントが来ると、人物は取り返しがつかない行動をしてしまったり、目もくらむような気づきを体験したりします。その後、物語の後半はパワフルな「嘘」に従って行動を続けます。

ミッドポイントでは人物に「真実」も明確に提示し、「真実」を選ぶチャンスも与えましょう。

失望のアークの例

『グレート・ギャツビー』…ニックはギャツビーにデイジーを会わせる。再会した二人の奇妙な雰囲気から、ギャツビーの過去の「真実」が明らかになり始める。人気者の成功者のイメージは偽りだったのだ。しかも彼はデイジーとよりを戻そうとしており、ニックは不快感を募らせる。イースト・エッグで最も善良に見えるギャツビーにさえ裏があることを知り、ニックの幻想は壊れ始める。

転落のアークの例

『嵐が丘』…病床のキャシーが出産後に死ぬと、ヒースクリフに「真実の瞬間」が訪れる。ヒースクリフは彼女のいない人生を生きなくてはならないし、また、その方が彼にとってよい。だが、彼は「真実」を受け入れるどころか、さらにひどい「嘘」を求め、キャシーの亡霊に呪われて狂ってしまいたいと願う。

腐敗のアークの例

『スター・ウォーズ』…ジェダイの誓いを守らねばならないアナキンは、二人の恋愛を周囲に秘密にしようと訴えるが、パドメは「嘘はつけない」と拒否。彼女の考えが正しいと感じたアナキンは「真実の瞬間」を体験し(「そうだね。お互いの破滅だ」)、従おうとする。だが、母が捕らえられる悪夢を再び見た彼はたまりかね、任務にそむいてタトゥイーンに戻り、母を救出しようとする。

第二幕の後半

ミッドポイントで大きな気づきを体験して「真実」を拒んだ人物は、第二幕の後半でアグレッシブに「WANT」を追い求めます。「真実」のよさに触れることもありますが（特に、人物が抵抗を見せる様子や、脇役から叱られる場面）、もう気に留めません。「嘘」に駆り立てられて突き進みます。もう「真実」は人物にとって障害ではありません。

もちろん、失望のアークだけはポジティブなアークと同じく「真実」へ向かいます。ただ、その「真実」はネガティブで破滅的です。

悲劇では悪いものがさらに悪くなります。人物の「嘘」は最初よりもずっとひどい、最悪の形で実現に向かいます。人物が自らの欲望に苦悩していたとすれば、不倫やレイプといった行動に走るかもしれません。憎しみと戦っていれば最後は殺人を企てる、といった具合です。

失望のアークの例

『グレート・ギャツビー』…ニックは裕福な友人たちの暮らしに幻滅や不快感を強めていく（予想どおり！）。デイジーはギャツビーの誠意を利用して情事を続ける。彼女の夫もまた不倫をしていたが、デイジーを取り戻そうとして態度を豹変させる。第二幕は三十歳の誕生日を迎えるニックの目線で終わる。「次の十年間は、こんなふうにもったいぶった、恐ろしい道を歩むのか」。夢を抱いて田舎から出てきた時とは意識が大きく異なっている。

転落のアークの例

『嵐が丘』…キャシーの死後、ヒースクリフは自分とキャシーとの仲を引き裂いた人々に復讐する。キャシーの兄ヒンドリーには酒と賭博の味を覚えさせ、嵐が丘の土地や家屋を買収。屋敷をのっとり、ヒンドリーに死ぬまで酒を飲ませ続ける。身重の妻イザベラにも冷たく当たり、よその町に追い出す。彼はヒンドリーの息子にも、自分が育てられた時と同じような仕打ちをする。年月が経つと、病弱な息子リントンをエドガーとキャシーの娘キャサリンと結婚させ、死期が迫るエドガーの屋敷も手に入れようとする。

腐敗のアークの例

『スター・ウォーズ』…アナキンと母が再会したのも束の間、母は彼の腕の中で息を引き取る。激情に駆られた彼はサンドピープルの村人を皆殺しにし、ダークサイドに大きく足を踏み入れる。以後、彼はパドメを守ることに激しく執着。片方の腕を失い、マスターへの道もほぼ放棄する。彼は誓いを破ってパドメと極秘結婚。後に彼女が出産で瀕死の状態に陥ると、命を助けようとしてダークサイドを頼る。

クエスチョン

1 物語の始まりから人物が犯している大きな過ち、欠点（欲望、憎しみなど）は？
2 プロットポイント1が見かけ上、良く感じられるのはなぜか？
3 プロットポイント1で明るい兆しが見えるものの、その後、人物は墜ちていく。その伏線は？

4　第二幕の前半で人物は最もほしいものが得られない。妨害しているのは何？
5　失望のアークの人物が第二幕前半で「嘘」について知ること、気づくことは何？
6　転落のアークの人物は「嘘」に従ってどんな苦しみを得ているか？
7　腐敗のアークの人物がますます「嘘」に魅せられる理由は？
8　ミッドポイントで人物が「真実」を知るチャンスとして、どんな「真実の瞬間」が訪れるか？
なぜ、どのように、人物はそれを否定するか？
9　第二幕後半で人物は「WANT」を求め、どのように積極的に「嘘」を利用するか？
10　初めに犯している過ちは、第二幕後半でどう最悪の事態に発展するか？

ネガティブなアークで第二幕は中心的な役割を担います。第一幕は落ちる前の舞台設定、第三幕は落ちていく先の描写。第二幕は人物が「嘘」と「真実」によって落ちる過程を描く見せ場です。ネガティブなアークを描くなら、第二幕を充実させましょう。

「苦悩、破壊、破滅、腐敗。
最悪なものは死だ、
そしていずれ死が訪れる」

――ウィリアム・シェイクスピア

20 第三幕

ネガティブなアークをひとことで表すと「失敗」。それが最も強く表れるのは第三幕です。ポジティブなアークが「自己の回復」、フラットなアークが「他者の救済」だとすれば、ネガティブなアークは「自己の破滅と、他者の破滅」です。

その破滅への布石を第一幕と第二幕で打ちました。人物は自らすすんで選択をしましたが、それらは全部「嘘」がベースだったため、ひどく間違った選択となりました。ポジティブなアークの人物は失敗から学びますが、ネガティブなアークの人物は失敗を認めようとすらしません。失敗を糧に成長しようという態度にも乏しいのです。

それは読者自身も身につまされる物語となるでしょう。人物と同じ運命をたどりたい人はいませんから、ネガティブなアークは警告のストーリーとして役立ちます。しかし、人生の教訓というより、むしろ私たちが感じる親近感の方に真のパワーがあります。結局のところ、人生はネガティブなアークをくり返す部分があるからです（ギャツビーやヒースクリフ、アナキンほどではないにしろ）。私たちは経験上、バランスを保つのがいかに難しいかを身にしみて知っています。失敗を認めたくないために、いともたやすく「嘘」を言い訳にすることも、身に覚えがある人は多いでしょう。

プロットポイント3

どのタイプのアークでも、プロットポイント3では死のにおいが立ち込めます。人物は命に限りがあることを知ります。実際に命の危険に遭遇するか（生活への打撃や名誉の失墜など、ある種の死に近いものも含みます）、大切な人たちが危機に遭遇します。ポジティブとフラットなアークの人物はこの危機に立ち向かい、生の意味を再確認し、戦うために立ち上がります。

でも、ネガティブなアークの主人公はこの恐怖に耐えられません。「嘘」をかたくなに信じてきたせいで、無力です。つまり、武器を持っていないのです——「真実」という武器を。「真実」なくして「嘘」を打ち負かすことはできません。主人公にできることはただ一つ。「これでよかったのだ」と自分を納得させて、ますます「嘘」にしがみつくことです。

失望のアークの人物だけは「真実」を見つめ、受け入れます。ただし、その「真実」は悲惨です。

失望のアークの例

『グレート・ギャツビー』…プロットポイント3はギャツビーとデイジーの夫トムの衝突で始まる。トムは「ギャツビーは密造酒などの違法ビジネスで稼いだ」と暴露。ギャツビーとの駆け落ちを考えていたデイジーは動揺する。トムの命令で、デイジーはギャツビーが運転する車で家に帰ることとなる。別の車に乗り込んだトムとニック、ジョーダンが後に続くと、目の前で大事故が。ギャツビーの黄色い車がトムの不倫相手マートルを轢き殺したのだ。すべてを傍観する立場のニックだが、イースト・エッグの人々が互いに騙し合う姿を嫌悪する。

転落のアークの例

『嵐が丘』…ヒースクリフはエドガーとキャシーの娘キャサリンを誘拐。キャサリンが死の床にある父に会うには、ヒースクリフの息子リントンとの結婚を承諾せねばならない。その条件をのんだ彼女は家に駆け戻り、父の臨終に立ち会う。悲劇の主人公によくあるようにヒースクリフも復讐を遂げる。エドガーを打ちのめし、彼の財産を手に入れるのだ。しかし心は休まらず、「キャシーと一緒になる」というゴールも達成できない。

腐敗のアークの例

『スター・ウォーズ』…アナキンのアークのプロットポイント3はメイス・ウィンドゥらのジェダイ・マスターにシスのダース・シディアス卿が殺されそうになるところ。妻を助けたいアナキンは、大量虐殺者であるシディアス卿の側に立つ。さらに、生と死の秘密を学ぶべく、ダークサイドに身をゆだねる。

第三幕

プロットポイント3の転機の後、悲劇のヒーローは死の恐ろしさに怯えて憤るだけ。再起を目指そうとはしません。ヴィクトリア・リン・シュミットは『45 Master Characters（四十五種類の人物：未邦訳）』でこう述べています。

彼は経験に学ぶことがありません。それどころか、自分が普通とは違うことを証明しようとしてエゴを増大させます。向こう見ずな態度を示し、一人で悪者と戦おうと意地を張ります。まるで一人芝居のようにふるまい、他人を排除します。敵対者が「真実」を訴えても拒絶し、自己の内面を見つめようとしません。

「真実」なくして、この新しい悲劇を乗り越えるのは不可能です。第三幕の前半（クライマックスの前）で人物はどうにかして敵を倒し、ほしいものを手に入れようとします。失うものはありません。やぶれかぶれで犯罪でも何でもやってのけるでしょう。

脇役たちが説得しようとすると、主人公はますます意固地になります。親しかった人々にも反発し、彼らが離れていこうとも、自分のやり方に固執します。主人公は、自分が求めるものよりも、はるかに多くを失ってしまいます。

失望のアークの例

『グレート・ギャツビー』…ニックはジョーダンと一緒にブキャナン邸に行くのを拒む（堕落した生き方にかかわることを拒否）。彼はギャツビーから交通事故の真相を知らされる。運転者はギャツビーではなくデイジーだった。トムの報復からデイジーをかばうため、ギャツビーは真実を隠してブキャナン邸の外で夜を過ごす。すでにニックは暗い「真実」に気づいている。トムとデイジーは裏で結託しているのだ。彼女はギャツビーと距離を置き、彼に罪を着せるつもりである。また、夫とよりを戻すのも保身のため。ニックはイースト・エッグの人々が「腐った人間たち」だと感じて打ちのめされる。彼はギャツビーの側に立ち続けるが、華麗な生活への憧れは完全に消える。

転落のアークの例

『嵐が丘』…エドガーへの復讐を終えたヒースクリフは絶望するばかり。キャシーを亡くした悲しみから立ち直る気力もない。墓地から遺体を掘り出し、キャシーの魂と共にいるのは自分だと信じ、荒ぶる心をなだめる。息子の死後もキャサリンやヒンドリーの息子を冷遇しながら自暴自棄の人生を送り、キャシーの亡霊が現れたという話を聞いて、それを信じ込む。残された道はただ一つ。ヒースクリフも死ぬことだ。

腐敗のアークの例

『スター・ウォーズ』…妻を死から救う唯一の道はダークサイドにあると信じ、アナキンは暗黒面の教えに従う。新しい師に非道な命令を下され苦悩するが、後には引けない。アナキンと妻に残された道は、闇に向かって突き進むのみ。メイス・ウィンドゥを倒した後、アナキンは若いジェダイたちをはじめ、分離主義評議会のメンバーも皆殺しにする。

クライマックス

クライマックスはすべてがついに崩壊するところです。欲望のために「嘘」にしがみついてきた主人公は、必死になって最後の一押しをします。結果は次のどちらかです。

1　ほしいものを手に入れるが、勝利の実体は空虚。「真実」を受け入れない限り、心の糧は得られない。このタイプのエンディングでは「クライマックスの瞬間」で「真実」が垣間見え、人物は戦いの無意味さに気づく。長年抱えてきた憤りのために破滅し、何もかも失ってしまう。

2　内面の葛藤にも対外的な戦いにも敗れる。「真実」を受け入れられず、最終対決に勝てない。

ネガティブなアークのクライマックスを作るには、オープニングでの人物のあり方を振り返りましょう。その時に人物はどんな「嘘」と、どのように戦っていたかを見れば、クライマックスでどうなるかがわかります。

失望のアークの例

『グレート・ギャツビー』…マートルの夫はギャツビーが妻を轢き殺した犯人だと思い込んで撃ち殺し、自殺する。これを知ったニックは完全に目が覚める。ギャツビーをもてはやしていた人々は去り、葬儀に参列したのはニックを含む数人だけだった。

転落のアークの例

『嵐が丘』…キャサリンと、ヒンドリーの息子ヘアトンの仲が接近。ヒースクリフはその様子を自らの過去と重ね、苦悩する。その一方で、彼はキャシーの亡霊がいるという確信を強め、夜な夜な荒野を歩きまわる。そして健康状態を急速に悪化させ、ある朝、遺体となってヘアトンに発見される。ヒースクリフにとって、それがキャシーと共にいる唯一の方法だった。彼は望みを叶えようとして、物語の冒頭よりもはるかに強く「嘘」を信じるようになった。

腐敗のアークの例

『スター・ウォーズ』…アナキンを止めようとして妻パドメとオビ＝ワンが駆けつけるが、彼は妻をののしる。一連の恐ろしい行動はみな、妻を思ってのことだったが、もはや彼女の声を聞き入れはしない。アナキンはパドメを殺しかけ、オビ＝ワンと格闘。自らの力にこだわるあまり、悲惨な重傷を負ってしまう。

――解決

悲劇のエンディング・シーンは比較的短いものが多いです。ポジティブな物語と違ってはっきりとしたオチがつきやすく、読者も物語の世界に長く浸りたいとは思いません。名作悲劇のクライマックスは「終わり」を強く感じさせるため、感情面をまとめる必要があまりありません。

とはいえ、最後のしめくくりは大切です。主人公が死ぬ場合、生き残った人物たちのリアクションを描くべきでしょう。特に、悲惨な結果を目の当たりにした人物は失望のアークを体験したはずです。また、主人公の行動が世界に与えた結果も描きたいものです。たとえバッドエンドでも、主人公の暗い影が去った後、世界に希望が訪れるところも少し見せるといいでしょう。

最後のシーンでは、人物の最後のあり方をしっかり描くことが最も大切です。死、狂気、戦争、破壊、監獄など、ストーリーの終わりを表すモチーフを使い、冒頭と強いコントラストを見せて下さい。

失望のアークの例

『グレート・ギャツビー』…葬儀の後、ニックはイースト・エッグの人々と距離を置く。社交界の魅力は消え失せた。彼はジョーダンとの関係を清算し、トムと対決してから故郷に帰ることにする。ギャツビーの屋敷を訪れると庭の草は伸び放題。栄光を破滅させたのは周囲の冷ややかで自己中心的な態度であった。

転落のアークの例

『嵐が丘』…ヒースクリフの死後、キャサリンとヘアトンの暮らしに愛や幸福が戻る。嵐が丘を覆う暗い影は去り、光が訪れる。苦しみの終わりと希望で物語は幕を閉じる。キャシーと荒野を歩くヒースクリフの亡霊も目撃される。死によって苦悩から解放された彼を思いやる語り手の気持ちを表している。

腐敗のアークの例

『スター・ウォーズ』…クライマックスでの失墜後、アナキンの努力は無となってしまう。恐れていたとおり、妻は出産後に死去。それも自分の行動が招いた皮肉な結果である。瀕死の重傷を負った彼は新しい師に助けられ、奇怪なサイボーグとして復活。彼のストーリーは銀河系の「新たなる希望」に続く。

――クエスチョン

1 ストーリーの最後で人物はどう失敗するか？
2 人物の行動は周囲にどんなふうに取り返しのつかないダメージを与えるか？
3 プロットポイント3で主人公を襲う悲劇は何？
4 プロットポイント3に対する人物の反応は？
5 内外の葛藤を乗り越えるべきプロット3で人物が「真実」を拒んで無力になってしまう理由は？
6 主人公は敵に立ち向かって「ほしいもの」を得るために、理想的とはいえない（また、露骨なほどにあくどい）計画を立てる。どんな計画か？
7 脇役たちは主人公を説得しようとするか？　主人公の反応は？
8 クライマックスで人物は「ほしいもの」を手に入れるか？　もしそうなら、むなしい気持ちが残るのはなぜ？　どう反応する？
9 あるいは、人物は究極の目標に到達できないか？　その展開に対する人物の反応は？
10 クライマックスで失敗した後、人物は少なくとも、一瞬「真実」に気づき、自らの行動の無意味さを直視するか？

11　クライマックスでの人物の行動はどのように、物語の最初でみられる「嘘」を拡大して映し出しているか？

12　「解決」で人物は脇役たちや世界に対し、自らの行動の効果をどう示す？

13　エンディングは希望のある雰囲気で？　それとも絶望的なトーンで？　なぜ？

14　最後のシーンは人物の究極の失敗をどのように強調する？

ネガティブなアークは暗いものと思われがちです。また、確かに暗いです。でも、甘さに慣れた舌に時々酸味が必要なように、なくてはならないものでもあります。ネガティブなアークを描くなら、思い切って大胆に描きましょう。ターニングポイントに個性を持たせ、ペースや伏線をしっかり発展させていけば、ハッピーエンドの物語と同じほど力強く、読みごたえのある作品になります。

四章
キャラクターアークについての、よくある質問

「プロットを作り始める前に
人物をリアルに知っておきたいです。
そうしないと、パニックや無秩序、
カオスに陥るでしょう」

――デボラ・モガー

21 人物にふさわしいアークをどう選べばいいですか？

すでにポジティブ、フラット、ネガティブのキャラクターアークの構成はおわかりいただけたと思います。では、これから書こうとする物語の登場人物にふさわしいアークは、どのように選べばいいのでしょうか？

アークの選択はプロットの選択と同じほど重要です。間違ったものを選んだら、後でかなりの書き直しが必要です（書き直しで済めばいい方です）。ストーリーにぴったりのアークがすぐに思い浮かぶ場合もありますが、少し考えたくなる時もあるでしょう。幸い、次の三つの質問に答えるだけでパーフェクトなキャラクターアークが選べます。

1　ジャンルは何か？

ジャンルが常に選択を助けるわけではありませんが、必ず考慮したい要素です。映画『主人公は僕だった』の主人公ハロルド・クリックは「悲劇では人物が死ぬ。コメディでは彼女と結婚する」と言っていますが、確かにそのとおり。ストーリーの展開にはパターンがあります。ポジティブなアークはハッピーエンド。ネガティブなアークは悲しい結末です。

ファンタジーや西部劇、歴史ものには柔軟性や幅がありますが、恋愛ものを含め、ほとんどの場合はポジティブかフラットなアークが求められます。

2　キャラクターアークの始まりはどこか？

アークを表す数式は、常に「（物語のエンディング）－（物語のオープニング）＝キャラクターアーク」となります。

オープニングでの人物像が決まったら、アークは半分決まったも同然です。

物語の始まりで、人物は比較的いい状況にいるでしょうか？

そうであればフラットなアーク（よい世界を出なくてはならないが、世界が危機に陥ると、その世界のために戦う）か、失望または腐敗のアーク（よい世界を出なくてはならず、その世界には二度と戻らない）です。

人物があまりよい状況にいないなら、ポジティブなアーク（よい方向に変わる）か転落のアーク（さらに悪化する）のどちらかです。

また、人物の信条や考え方、価値観にも注目して下さい。偏った、まやかしの「嘘」を信じているならポジティブなアーク（「嘘」を払拭してポジティブな「真実」を受け入れる）か失望のアーク（「嘘」を払拭してネガティブな「真実」を受け入れる）、あるいは転落のアーク（「真実」を拒み、ますますひどい「嘘」を信じる）です。

初めから人物が「真実」を信じていればフラットなアーク（その「真実」で世界を変える）か腐敗のアーク（その「真実」から遠ざかる）です。

3　アークの終わりはどうなるか？

つまり、「ハッピーエンドかバッドエンドか」です。「嘘」を信じていた人物がハッピーになって終わればポジティブなアークになります。

ポジティブなアークでは常に、オープニングでの人物がエンディングで正反対の状態に変化して終わります。周囲の世界もその変化を反映します。

ネガティブなアークも同様ですが、冒頭と結末の上がり下がりが逆になります。失望のアークと腐敗のアークは最初よりもダークな状況に陥って終わります。転落のアークは暗い状況がさらに暗くなって終わります。

フラットなアークの主人公は変化せず、周囲の世界や脇役たちがオープニングでの状態から大きく変化します。

キャラクターアークの再確認

先に挙げた三つの質問に答えれば人物に合うアークがわかり、プロット作りを始める準備が整います。本格的にプロット構成に取り組む前に、次の事項を再確認しておきましょう。

1 そのアークは本当に、最もパワフルな選択肢か？
2 ストーリーの最初と最後のコントラストはじゅうぶんに強いか？
3 ストーリーの序盤で主人公が大きな出来事に遭遇する場合、序盤と終盤とで似たようなリアクションをしていないか？

最初と最後で同じような行動をしそうなら、変化系のアークとしてはパワー不足です。それはフラットなアークでも同じです。人物はずっと「真実」を信じて内面のバランスを保ちますが、物語の最初と最後を比べれば、行動のモチベーションや思考は同じではないはずです。

プロット作りの段階ではアークのディテールだけでなく、適切なタイプが選べているかも重要になります。原稿を書き始める前に、読者の記憶に強烈に焼きつくアークを選ぶ時間を取って下さいね。

「たいていの短編小説にはプロットが一つだけ。
でも、珠玉の名作には1・5個あると思うのです。
メインプロットにひねりや意外性を加えて全体を引き締め、
味を出す、小さなサブプロットがあります」

――エリザベス・シムズ

22 アークをサブプロットにしてもいいですか？

ストーリーはすごい。前提もハイコンセプトだ。プロットの構成も完璧だし、作品として全体的に素晴らしい。でも、主人公のアークがなんとなく寂しい。アークはしているが、文章の分量として少ない。アークの部分が、どうやら、サブプロット的な位置づけのようである。

それでも大丈夫でしょうか？　修正する方がいいでしょうか？　それとも、その作品は無駄が多くて深みがなく、読者を退屈させるだけ？

「キャラクターアークの部分をサブプロットにしてもいいでしょうか」というご質問をよくいただきます。

端的にお答えするなら「はい」。アークをサブプロットにしてもかまいません。

特に、アクション重視のストーリーがそうです。キャラクターアークの大小が作品の価値を決めるわけではありません。人物の「嘘」と「真実」をはっきり提示して、ときどき小休止させながら大きなアークを描く作品が多い一方、かすかなアークがパワーを生んでいる作品もあります。
サブプロットにふさわしいキャラクターアークは三種類あります。

浅いアーク

後世に語り継がれる傑作のアークがある一方（前に挙げた『クリスマス・キャロル』や『勇気ある追跡』、『嵐が丘』など多数）、主人公を引き立たせる背景のようなアークもあります。完全な形になってはいるが、変化があまり明確ではないアーク。もしくは「変化」というより「シフト、切り替わり」程度のアークです。

浅いアークはアクション系のストーリーで頻繁に使われます。マーベルのSFアクション映画『ガーディアンズ・オブ・ギャラクシー』の主人公ピーター・クイルは典型的なポジティブアークをたどり、自己中心的な生き方から正義のヒーローへと変わります。彼の「ゴースト」（母の死後、宇宙海賊に拉致されたこと）や「嘘」（生き残るには自分のことを一番に考えるしかない）、「真実」（人としてまっとうになる唯一の道は他者を思いやること）がはっきりと設定されていますが、それらはプロットの道筋というより、人物に関する隠れたサブテキストとして機能しています。

このようなサブプロットが最もうまくいくのは、読者や観客におなじみのアークを踏襲している場合です。クイルが気ままな自由人から救世主へと成長する道程は現代のアドベンチャーものでよく見かけるものと似ています。ですから、作品の中ではっきりした描写がなくても想像で空白を埋めることができます。

浅いアークは表現の材料が非常に少ないため、効果が期待しづらくなる可能性も否めません。でも、アクションが中心の作品に厚みを出したい時には役立ちます。

接線のアーク

「サブプロットでアークさせる」という場合は、たいていこれになるでしょう。完全で明確なアークを構築しますが、メインプロットとの接点は少なく、うっすら間接的にかかわる程度です。このアークがたどる筋は物語の本筋とは別であり、単独でも流れがほぼ成立します。いくつもある水源のどれかから流れが発生するような感じです。

パート1でも取り上げた『ジュラシック・パーク』がよい例です。グラント博士のアークの起点は「子供は面倒だ」という「嘘」。中盤でパーク創設者の孫たちと絆を深め、終盤では命がけで守ります。このアークはメインプロットとは関係がありません。メインプロットで彼は「自然はコントロールできない」という「真実」をもとに、フラットなアークを貫いています。子供たちのサブプロットという支流を削除しても、本流であるメインプロットは成立するでしょう。子供たちとの交流でグラント博士が変化するアークは、恐竜とは無関係の場でいくらでも作れます。

無関係といっても、このアークで描くサブプロットはできる限りメインプロットと関連づけるようにしましょう。うまく統合できればキャラクターアークも際立ちますし、作品もまとまります。『ジュラシック・パーク』のように結果的に作品全体がよくなっている例もあります。

追加のアーク

『ジュラシック・パーク』の主人公グラント博士はメインプロットとサブプロットの両方でアークをしています。メインプロットは恋人エリーや数学者マルコムと共に作るフラットなアーク（自然は制御不可能だという「真実」を維持）。サブプロットは子供が好きになっていく変化のアークです。

追加のアークもサブプロットに多いパターンです。メインプロットの「嘘」と「真実」が表すテーマを異なる角度から表現した時に最もうまくいきます。ただし、うっかりすると、まとまりのない作品になる可能性もあるため、慎重に使いたいテクニックです。

どんな場合にアークをサブプロットにすべきですか？

人物のアークを鮮烈にすると、物語はたいていよくなります。ですから、基本的にはメインプロットにアークを組み込むよう心がけて下さい。ただ、作品全体の長短によってやむをえない場合もあります。全体が短ければ短いほど、いろいろな要素を書き込む余裕も少なくなり、キャラクターアークを掘り下げにくくなります。全体が長くなるほど多面的に深く描く余裕が得られます。

サブプロットでアークを作る時は、メインプロットと同じように全体を計画しましょう。プロットポイントや人物の気づきは抑えたトーンになるでしょう。でも、心理的なインパクトを最大限にするために、はっきりと意味が感じ取れるように作って下さい。

キャラクターアークには必要な要素が多々ありますが、かなりの柔軟性もあります。物語の中でどれくらい際立たせるかは、プロットに合わせ、あらゆる角度から検討して下さい。

「主人公以外の人物がストーリーに登場するのは、
主人公と関係を築いて、
複雑な内面を持つ主人公の矛盾を際立たせるためにほかならない」

――ロバート・マッキー

23 「インパクト・キャラクター」とは何ですか？　なぜ必要ですか？

登場人物の一覧を考える時、私たちはたいてい、わかりやすいものから考えます。まず、主人公と敵対者。それから助言者やメンター、恋の相手、相棒などですね。「インパクト・キャラクター」を真っ先に考える人はおそらくいないでしょう。でも、この人物をリストの上位に入れるべきなのです。このキャラクターがいないとキャラクターアークが作れないからです。

インパクト・キャラクターとは『Dramatica（ドラマティカ：未邦訳）』の著者メラニー・アン・フィリップスとクリス・ハントリーが提唱している登場人物のことです。編集者ロズ・モリスは「きっかけを作る人物」と呼んでいます。主人公と衝突して変化を促し、人生に大きなインパクトを与える人物を指します。

インパクト・キャラクターは他の人物に何かをさせたり、力を与えたり、単に変化させたりする影響力を持っています。

基本的には「フラットなアークのキャラクター」です。

ポジティブやネガティブなアークでは主人公自身が変化するのでしたよね。フラットなアークの主人公は周囲を変化させますから、その物語の中ではインパクト・キャラクターと呼べます。周囲の脇役たちに変化のアークをさせるからです。

では、変化系のアークに登場するインパクト・キャラクターとはどんな人物でしょうか？　それをこれから考えてみましょう。

インパクト・キャラクターとは何か

インパクト・キャラクターは味方でも敵でもかまいません。後に詳しく述べますが、とりあえず「役柄とは関係ない」と覚えておいて下さい。では、何と関係するのでしょうか？

敵対者と比較して説明しましょう。敵対者は主人公と衝突し、目に見える対立関係を生む存在です。それに対して、インパクト・キャラクターは「内面の」葛藤を生む存在です。

インパクト・キャラクターも対立を引き起こします。主人公と争ったり、もめたりもします。でも、敵対者のように目的の相違で対立するというよりは、「世界観」の相違で対立します。主人公は「嘘」に惑わされていますが、インパクト・キャラクターはすでに「真実」を知っています。

「嘘」を信じ続ける主人公はインパクト・キャラクターと何度も衝突します。主人公は放っておいてもらいたがりますが、インパクト・キャラクターはしつこく現れて「真実」を伝えます。主人公はそれを意識せずにはいられず、内面で葛藤が生まれます。

『ジェーン・エア』のロチェスターはジェーンに対して挑発的な態度をとり、自分と対等にふるまわせようとします（そのために彼自身が窮地に陥る局面も訪れます）。『クリスマス・キャロル』の「クリスマスの幽霊」たちはスクルージの前に現れ、頑固さゆえに哀れな守銭奴になっているのを改めさせようとします。『勇気ある追跡』の少女マティ・ロスは酒浸りの保安官ルースター・コグバーンを正義の道に連れ戻そうとします。

インパクト・キャラクターは積極的な努力を見せない場合もありますが、必ず重要な場面で登場し、主人公が間違いに気づけるよう助けます。彼らは主人公が探し求めている答えを知っています（主人公自身が答えを意識的に求めていなかったとしても）。そして、その答えは敵対者を倒すために重要な鍵となります。

――インパクト・キャラクターにする人物

『Writing Characters Who'll Keep Readers Captivated（読者を魅了し続けるキャラクターの書き方：未邦訳）』の著者ロズ・モリスによると、インパクト・キャラクターはどんな登場人物でもＯＫです。

師やメンターのように、試練の克服に必要な資質を目覚めさせ、主人公を新しい世界へ導く人物。いわゆるコーチや父親的な人物。役目を終えると死んだり、強敵として現れて予想外の展開を見せたりすることもある。

主人公に必要な「真実」を知っているといっても、全知全能というわけではありませんから注意して下さい。一つの「真実」以外の面では主人公よりずっと理解が足らず、善悪の区別も曖昧かもしれません。

「インパクト・キャラクター」にできる人物には次のようなものがあります。

1　敵対者（例：『宝島』のジョン・シルバー）

2　コンタゴニスト（師や守護者とは反対の価値観を示して主人公を誘惑する人物。メンター的な人物とのバランスをとるために登場させる。例：映画『リバティ・バランスを射った男』のトム・ドニフォン）

3　メンター（例：『ミストボーン　霧の落とし子』のケル）

4　相棒（例：映画『赤い河』のナディン・グルート）

5　主人公が想いを寄せる相手（例：『エマ』のナイトリー氏）

6　ストーリー全体に登場する人物（例：映画『レインマン』のレイモンド）

7　たまに登場して主人公の内面に大きな影響を及ぼす人物（例：映画『スター・ウォーズ』のオビ＝ワン）

8　複数のキャラクターの集団（例：アニメーション映画『カーズ』のラジエーター・スプリングスの住民）

インパクト・キャラクターは変化のアークをたどる人物にとって、軸足のような存在です。「嘘」に異論を唱え続けるキャラクターがいてこそ、主人公は変化できるのです。この人物を構想段階の初期で設定すれば、アークは自然に出来ていくでしょう。

「真実を話すのは敵だけだ。
友だちや恋人は義務感に駆られて
嘘ばかりつくのだから」

――スティーヴン・キング

24 脇役たちにもアークは必要ですか？

主人公のアークは物語に深みを与えます。では、登場人物みんながアークすれば、とんでもなく深い物語になりそうです！　想像するだけで、めまいがしそうですね。そもそも、登場人物は全員アークすべきでしょうか？

よい質問だと思います。書き手としては主人公以外のキャラクターもいきいきと、立体的に描きたいのは当然です。脇役たちも彼ら自身のストーリーを生きており、その中では主役を演じているはずです。やはり、それなりにアークするのが当然なのでしょうか？

そうかもしれません。しかし、そうとは言えない面もあります。

アークが多過ぎると逆効果?

すべての脇役に完全なアークをさせると、どうなるでしょうか。

頭が混乱するのです。

本当です。どうなるかと思って、私も構想中の作品で試したら、目がまわりそうになりました。アークの過剰供給です。

でも、大きな出版契約に漕ぎつけるには大きく出るべきだ、とも思います。

それもまた真実ですが、マイナーな登場人物にまで大きなアークをさせるのは、やはり逆効果です。歴史大作なら主要人物が多い分だけアークを増やす余裕もありますが、それ以外の場合、すべての人物のアークを追求する必要はありません。読者はアークの有無を気にしないでしょう。仮に意識したとしてもすべてを追いきれず、最終的にわけがわからなくなるでしょう。

何のためにアークを作るかというと、プロットとテーマを描き出すためです。物語に出てくるものすべてとしっかり編み合わせなくてはなりません。複数のアークを作るなら、それらを全部物語とからめる必要がありますし、アークどうしの関連づけも必要です。多くのアークを支えきれるストーリーは稀ですし、また、多くのアークを必要とするストーリーもほとんどありません。

ぜひ、肩の力を抜いていただきたいと思います。

マイナーな人物にはマイナーなアークをさせる

脇役の中でも目立つ人物にはアークをさせましょう。ただし、控えめなアークです。主人公と、二、三人の主要人物に完全なアークをさせ（主要人物については後で述べます）、マイナーな人物にはマイナーなアークをさせるのです（存在感自体がマイナーですからね）。

マイナーなアークとは完全なアークを凝縮したものです。マイケル・ヘイグは次のような必要条件を紹介しています。

主要人物のストーリーに「アーク」があるか？　つまり、物語の中の敵対者、相棒、想いを寄せる相手はみな達成したいゴールをもっており、その願望を徐々に強めて最後に決着をつけているか？

つまり、ストーリーの基本要素さえあればＯＫです（出番が少ない人物ならば「シーン」の要素とも言えますね）。でも、このように必要な要素をぽんぽんと置くだけにすべきという意味ではありません。主な脇役たちがそれぞれ何を求めているか、どんな障害や対立に遭遇するか、何がどんなふうに決着するかを具体的に決めましょう。

彼らがポジティブな、あるいはネガティブな変化を遂げるかどうかは、作者とストーリー次第です。人物像をふくらませる前に、脇役たちのゴールがプロットとつながっているかチェックして下さい。深みのあるアークほど、作品全体のテーマの表現に役立つゴール設定があるはずです。

どの脇役に完全なアークをさせるべきか

マイナーなアークよりもしっかり変化を描く方がいいキャラクターを、どう選べばよいでしょうか？

テーマを見て選びましょう。最終的にはテーマが決め手です。主人公が無人島にいれば「孤独」の中でテーマを探せばいいのですが、目立つ脇役が二、三人登場するなら人間関係にテーマが反映できます。

その方法とは？　次に挙げるテクニックを参考にして下さい。

主人公とは異なるアプローチをさせる

たとえば、主人公が「尊敬を得るには富や地位を求めるのでなく、よい行動をすべきだ」と学ぶストーリーだとしましょう。テーマを集約すると「尊敬」というワードになります。

「尊敬」と「軽蔑」を軸にすると、多くの面が思い浮かびます。「自尊心」「目上の人への敬意」「弱者に対する敬意」などで、その中の一つに主人公が意識を向けています。一方、脇役にもそれぞれ自分の立場や考え方があります。親や上司を尊重しようと努める人物もいれば、自尊心と罪悪感とのはざまで悩む人物や、他人をだまして尊敬を勝ち得ようとする人物などがいるでしょう。

脇役の一人ひとりに少し違う角度からアプローチさせると、テーマを描く材料が豊富に得られます。

相棒とのコントラストをつける

相棒や親友キャラクター（サイドキック）は主人公を支える役目をします。主人公と一緒に旅をして、ゴールを達成するまで応援します。主人公と多くの共通点を持つキャラクターです。

しかし、お互いに異なる点もあるはずです。二人の大きな相違点からテーマが浮かび上がるに違いありません。考え方の違いがよい方向に働く場合も、悪い方向に働く場合もあるでしょう。主人公が富裕層だけを尊敬するなら、相棒は人の行動を見て評価する。あるいは逆に、主人公が努力して尊敬を勝ち取ろうとするなら、相棒は「嘘も方便」とばかりにはったりで尊敬を得ようとする、などです。

二人の考え方や行動の違いを対比させれば、テーマの焦点をさらにはっきり打ち出せます。

敵対者と比較する

敵対者の人物設定を考える時は、おそらく、主人公との違いを意識すると思います。しかし、ストーリーで最も重要な側面を浮き彫りにするのは、敵対者が主人公とさほど変わらないことを見せた時です。

マイケル・ヘイグは次のように説明しています。

ヒーローと敵対者が似ている点、相棒と違う点が見えた時、そこにテーマも表れる。ヒーローの欠点を敵対者にも与えろ、というのとは少し違う。両者に共通する長所や短所をストーリーの最初と最後、あるいは中間部分のどこかで見せるといいだろう。似ている点であれば何でもいい。

たとえば貧しい家庭に生まれ、社会の偏見を受けて育った主人公と敵対者が共に「お金があれば尊敬される」と信じているなら、興味深い形でテーマを模索できるでしょう。主人公への誘惑や危険に対する警告を盛り込み、テーマ性が打ち出せます（将来起こりうることへの警告として、多くの伏線が張れそうです！）。

テーマをそのまま文章にしようとすると、強引で理屈っぽくなりがちです。人物を使って表現すれば、物語の中で自然にテーマを伝えることができます。

敵対者のアーク

敵対者は常にネガティブなアークをすると思う人は多いでしょう。確かに、敵対者はネガティブなキャラクターですが、アークはネガティブとは限りません。

敵対者のアークは必ず、主人公のアークを反映します。両者の関係は共通点と相違点で決まります。ただ、イメージが逆転するというだけです。

敵対者のアークは主人公と真逆になることが多いです。主人公がポジティブなアークをするなら敵対者はネガティブなアーク。一つの「嘘」に対して主人公は勝利、敵対者は敗北します。ヴィクトル・ユーゴー作『レ・ミゼラブル』のジャヴェール警部は失望のアークをします。最初は主人公ジャン・ヴァルジャンと同じく「慈悲か司法か」をめぐって、ある「嘘」を信じています。懺悔して正直に生きるヴァルジャンとは正反対に、ジャヴェール警部は「真実」を知って自殺してしまいます。

敵対者が自分の「真実」に固執してフラットなアークをする場合もあります（「真実」はおそらく破壊的なものでしょう）。敵対者がインパクト・キャラクターでもある場合は特に、その可能性が高いです。

インパクト・キャラクターのアーク

前の節で、人物の変化に必要なインパクト・キャラクターについて述べました。その役割を担うのは師や相棒、恋の相手といった人物ですが、敵対者がその役目を負う場合もたくさんあります。

どんな場合も、その人物のアークはフラットです。すでに「真実」を理解しており、その「真実」を使って主人公に「嘘」を乗り越えさせようとします（本人はそのつもりがない場合もあります）。主人公のゴールに真っ向から反対して変化を促すため、敵対者として非常にパワフルになるでしょう。人間性の面で深く、複雑な影響を与えるキャラクターになります（たとえ敵対者が主人公のためを思って行動するのでなかったとしても）。

アントワーン・フークア監督の映画『トレーニング デイ』は見事な例です。悪役のアロンゾ刑事の善悪の観念はとても複雑。彼は主人公の青くさい正義感に挑戦し、「真実」の厳しさを思い知らせます。主人公に与えるインパクトはあまりに深く、大きな代償となって彼自身に跳ね返ります。

脇役に複数のアークをさせてもいいですか？

さらに複雑な問題に移りましょう。一人の人物が複数の種類のアークをする場合です。この人物は他の人物たちとさまざまな「嘘」や「真実」をめぐってやりとりします。

インパクト・キャラクターは一つの「真実」をもとにフラットなアークをしますが、他の「真実」を知らず、また、自分の「嘘」を抱えています。主人公も同様に、自分の「嘘」をめぐって一つのアークをする一方、自分がすでに知っている他の「真実」で脇役たちを変えていくこともありえます。

一人の人物に複数のアークをさせれば、深みや複雑性が生まれます。ただし、マイナーなアークを目立たせ過ぎないように注意しましょう。

主人公のアークは物語そのものです（そうでなければ、その人物は主人公ではありません）。他のアークはすべて補助。主人公のアークに貢献するものでなくてはなりません。

複数のアークを作るのは、糸を編んで美しい織物を作るのに似ています。ある人物に人の情けを学ぶアークをさせておきながら、他の人物に地球保護の大切さを知るアークをさせることはできません（最終的に何かのテーマでまとめられればよいですが、今のところ私には思いつきにくいです）。

結局のところ、キャラクターアークをいくつ作ればいいのでしょうか？

主人公と敵対者、相棒、主人公が恋する相手に焦点を絞りましょう。主人公にはじゅうぶんにアークをさせ、敵対者のアークはそれを潜在的に反映した、コントラストのあるものに。インパクト・キャラクターはそれより控えめに。その他の登場人物はアークしなくても、テーマに沿ったゴールと対立関係、結果を決めておけばよいでしょう。

「変化は最初は難しく、
中間はぐちゃぐちゃで
最後は見事で美しい」

――ロビン・シャーマ

25 人物に報酬と罰を与えて変化を促す方法は？

人物を変化させるにはどうすればいいのでしょう。この質問は一見単純なようでいて、重要な質問です。具体的な答えを求める問いでもあります。

これまで、ポジティブ／ネガティブ／フラットなアークを見てきました。人物の内面の変化の流れや構造が持つパワーに触れていただけたことでしょう。ぜひ、素晴らしい変化を遂げる人物の物語を書き始めていただきたいと思います。

でも、いったいどうすれば人物は変わってくれるのでしょうか？

――自然に変化を起こすたったひとつの方法

まず最初に、キャラクターアークのチェックリストの確認をしておきましょう。

人物は「嘘」を信じ込んでおり、そのせいで悲惨な状態（あるいは、少なくとも不満）である。
物語の最後に新しい「真実」を受け入れ、自分または周囲の世界がとてもよいものに変化する。
プロットのビートはすべて、アークの流れの要所と合っている。

これらの条件を満たした上で、人物の変化を起こす方法を考えていきましょう。読者も納得する形でA地点（「嘘」）からB地点（「真実」）に到達させる方法です。辻褄を合わせるだけでなく、人物が変化を実感するように描かなくてはなりません。人物が心から変化を望むようにするべきです。

そうした変化を作るには？

「おいしそうなニンジンと、痛そうな鞭」。それがヒントです。

アメとムチで人物に変化を促す

人は苦痛と快楽に駆り立てられて行動します。苦痛から離れ、快楽に近づきます。ほしくないものから離れ、ほしいものに近づくのです。育児の経験がある人はよくご存じのように、子供に罰とごほうびを与えてしつけるのも、このメカニズムです。「こうしなさい」と言って聞かせなくてはならないわがままな子は別として、私たちが描く物語の登場人物たちはどうでしょう？

ジョーダン・マッカラムは次のように述べています。

人物がポジティブな選択をすれば、目指すゴールに前進させるのが最高の「報酬」。ネガティブな選択をすれば、目指すゴールから後退させるのが最大の「罰」。アークを始める前の思考パターンや行動は効果がないこと、新しいことに挑戦すべきであることを、徐々に人物に気づかせる。

ストーリーは主人公が求めるもので決まります。外的なゴール（最も手に入れたいもの、「WANT」）は究極の快楽の実現です（本当に「喜び」をもたらすのは「NEED」だとしても）。ですから、人物は快楽に向けてまっしぐらに進みます。

でも、人物は自分の「嘘」に邪魔され続けます。特に物語の前半の、ミッドポイントで「真実の瞬間」が訪れる前までがそうです。人物が「嘘」に従って行動するたびに、書き手は神の視点から喝を入れましょう。よほど愚かでない限り、人物はお仕置きに懲りて動き方を変え、「真実」に近づこうとするはずです。

「真実」と調和する行動を始めたら罰をやめ、ご褒美を与えます。「真実」に近い行いをするほど報酬も大きくします。「WANT」に向かって前進させ、（そしてさらに大切な）「NEED」にも近づけましょう。

――喜べない出来事を報酬に変える方法

きちんと構成されたシーンの中身は「アクション」と「リアクション」に分かれます。さらに、アクションは（1）ゴール（2）対立（3）結果の三段階に分かれます。結果はいつも大失敗か、部分的に失敗です。部分的に失敗とは「よし、やったぞ。でも……」あるいは「うまくいったと思いきや」の災難と呼べるものです。シーンの中でのゴール達成を一部分だけ妨害するのです。

物語の前半で、人物が「嘘」の価値観に従って行動したら大失敗させましょう。それが罰です。間違ったやり方でゴールを目指すたびに、人物を痛い目に遭わせます。ほしいものを求めて渦中に飛び込んでは失敗ばかり。その過程で、人物にたった一つの大切な学びをさせるのです。「嘘」を信じている限り、ほしいものを得るためのツールや手がかりは得られないのだ、と。

新しい方法を模索し始めた人物は「真実」に近づき、効果的なツールを得ます。そしてストーリーの後半で「よし、やったぞ。でも……」という、成功体験を含んだ失敗を増やしていきます。まだ完全な勝利はできません（勝てばストーリーは終わってしまいます）。でも、人物はあと少しというところまで近づきます。頑張った分だけよい結果が出て報われます。

人物の変化のしかたを決めるためには、ストーリー全体を俯瞰しなくてはなりません。プロットの構成がキャラクターアークの変わり目にどう影響するかを見ながら考えて下さい。

また、それぞれのシーンをこまかく見る目も必要です。「嘘」のアクションには罰、「真実」のアクションには報酬が与えられているかを見て下さい。

シーンの中で、人物がどんな思考や価値観に従って動いているのかをつかみ、それにふさわしい罰と報酬を設定しましょう。モチベーションが現実的になり、因果関係もしっかり整い、パワフルなキャラクターアークが出来上がります。

「どんな教えもそうであるように
キャラクターアークのコンセプトも試される運命にある。
あえて忘れ、ゆだねることで
素晴らしいストーリーテリングができる時も多い」

――ロバート・ウッド

26 物語にキャラクターアークがない時は？

人物がアークしない物語を書いてもいいでしょうか？　そもそも、それは可能でしょうか？　豊かなアークがある作品に比べれば単調でつまらないでしょうか？

そんな質問をよくいただくのも不思議ではありません。私たちはキャラクターアークとストーリーを同じものと捉えることが多いです。でも、好きな物語のアークはどうなんだろう、と考えて人物の「嘘」と「真実」を探してみると、たいしたものが見つからない時もあります。作者が意図したアークが読み取れていないだけなのか、その作品には本当にキャラクターアークが存在しておらず、心も魂も入っていないのか（……うっ！）。

——人物がアークしない物語は書けますか？

はい。可能です。フィクションですから、なんだって書けます。

人物の時間軸の中で、考え方や世界観やパラダイムが大きく変わる部分を描けばアークができます。でも、人として大きな成長がなくても面白い出来事は多いです。

例として、私の子供時代の話をしましょう。

私たちきょうだいは映画『大脱走』を観て興奮し、捕虜の脱走ごっこをして遊びました。地面を掘ってトンネルにし、守衛をだまして裏庭のフェンスの向こうへ逃げるのです。

「ごっこ」を始めるには、まず、役を決めなくてはなりませんが、この配役には暗黙のルールがありました。みんなが憧れるスティーブ・マックイーン役は長女の私です。

次に人気のジェームズ・ガーナー役は、私のすぐ下の弟と決まっていました。当然の選択です。末っ子の妹は「ずるいよ、私もその役がしたいよ」と言いましたが、毎回「他の」アメリカ人の役を押しつけられました。

実際に『大脱走』をご覧になった方も、この人物のことはご記憶にないでしょう。幼い私たちもこの人物の名前がわからず、勝手に「ミッキー・ブラウン」という適当な名前を付けました。スターになれない、存在感の薄い男。その役柄を押しつけられた妹は、私たちと一緒に逃げようとして、毎回取り残されていました。

どんなに年をとっても、妹はそれを忘れないでしょう。

私たちきょうだいにとって、これは本当に面白いストーリー。話すたびに大笑いします。でも、悲しいかな、物語の内容は『大脱走』のまねをしたというだけで、人としての成長はありません。

キャラクターアークがない物語とは、そのようなものです。

実生活で言えることはフィクションにも当てはまります。出来事は面白いがキャラクターアークがない場合、ストーリーとして何もないわけではありません。

――キャラクターアークがあればストーリー、なければ単なるシチュエーション

ジェフ・ライオンズは雑誌「ザ・ライター」に掲載の記事「大都市の警官が海沿いの小さな町にやってきて……」(二〇一三年九月)で四つの基準を挙げ、ストーリーとシチュエーションの違いを述べています。

(1)シチュエーションとは明確で直接的な解決が存在する問題または苦境である。(2)シチュエーションは人物の本質を明らかにしない。人物の問題解決能力を試す。(3)シチュエーションにはサブプロットやひねり、複雑化がほとんど存在しないか、まったくない。(4)シチュエーションは最初の感情と同じ感情で終わる。

特に重要なのは(2)です。アークのない作品でも主人公は何かを求め、それを手に入れる策があり、何らかの妨害に出会うはずです。何かに気づき、少し賢くなったりするはずです。でも、敵対者に勝とうとして大きな変化を遂げることはないでしょう。何かが起きて「嘘」が揺さぶられることもありませ

ん。

ライオンズの定義に従えば、スティーヴン・スピルバーグ監督の映画『レイダース／失われた聖櫃《アーク》』はシチュエーションであって、ストーリーではありません。インディ・ジョーンズは最初から最後まで変化せず、キャラクターアークは見られません。でも、そのせいでストーリーが台無しかといえば、まったくそんなことはありません。「テーマ性がない」と文句を言う人もいないでしょう（制作中に「これはB級映画だ」と言われたスピルバーグ監督を含め）。時代を超えて愛される冒険活劇になっています。

アークがない物語とフラットアークとの違い

内面が変化しないフラットなアークの主人公は、アークのない物語とどう違うのでしょうか。

フラットなアークにも「嘘」と「真実」があります。主人公は自分が信じる「真実」を使い、他の人物たちや世界を変えていきます。一方、アークのない物語に「真実」と「嘘」の衝突は起きません。

アークのない物語はアクションアドベンチャー系の作品に多く見られます。人物の冒険やサバイバルに焦点が当たっているからです。アクションものはどれもそうだと思いがちですが、多くの作品が比較的浅めの「嘘」と「真実」を盛り込み、フラットなアークを作っています。

前にも例に挙げた『ジュラシック・パーク』はサブプロットでポジティブなアークをしていますが、基本的にはインディ・ジョーンズのように「シチュエーション」の印象が強いです。しかし、『ジュラシック・パーク』の主人公はフラットなアークをする科学者です。「生命を力づくで制御することは不可能」という「真実」に基づき、自分たちがいる危険な世界を守り、変えようとします。

こうした「真実」にハムレットの「生きるべきか死ぬべきか」ほど深いテーマ性は見出しにくいものですが、アークが不要に思えるストーリーにもわずかなものを足せば、多面性と深みが生まれます。

キャラクターアークのないストーリーを書くべきでしょうか？

ここで大きな疑問を出しましょう。人物がまったくアークしない物語を書こうとしてもいいのでしょうか。

この問いには正解も不正解もありません。書こうと思えば書けるでしょうし、とても面白い作品になるかもしれません。アークを避け、シチュエーションとして書くつもりであれば、アークなしで書いてみましょう。

しかしながら、私の経験上、「気が利いたキャラクターアークを足せば、もっとよくなる」と思えないものはありません。『ジュラシック・パーク』のようにわずかなアークでもいいのです。前に引用したライオンズの記事には、次のようなくだりもあります。


シチュエーションは読者を楽しませる。ストーリーは読者を楽しませ、人間であることの意味を教えてくれる。

選択肢をよく比較して決めるとよいと思います。作品からアークをなくすと、どんなプラス面とマイナス面があるでしょうか。直感や本心に従って下さい。義務感だけでキャラクターアークを作ろうとしないようにしましょう。

「存在とは変化
変化とは成熟
成熟とは自らを永遠に創り続けること」
――アンリ・ベルクソン

27 シリーズものではキャラクターアークをどう作ればいいですか？

最近、何冊も続くシリーズもののストーリーが増えています。三部作の形式で出版されるものから、結末がわからないまま三十巻以上も継続しているシリーズまで、さまざまです。本書では、一冊で完結するストーリー構成のキャラクターアークについてお話ししてきました。これまでの解説はみな、典型的な三幕構成に沿っています。では、それを超えて続いていくシリーズものの場合、キャラクターアークをどう作ればいいのでしょうか？

――シリーズもののアークを作る二つの方法

シリーズものへのアプローチは次の二つのいずれかです。

1　シリーズ全体にかけて一人の人物がアークする

物語が途切れずに続いていく場合（例：『スター・ウォーズ』トリロジーやブレント・ウィークスの『Night Angel』、スティーヴン・ローヘッドの『King Raven』、スーザン・コリンズの『ハンガー・ゲーム』）キャラクターアークもシリーズ全体にまたがる方がよいかもしれません。人物は第一巻でアークを始め、最終巻でアークを終えます。

2　シリーズ内で複数のアークを作る

一巻ごとにエピソードが完結する場合、一巻ごとにキャラクターアークを作る方法もあります（例：マーベルの映画シリーズ、パトリック・オブライアンの「オーブリー&マチュリン」シリーズやルース・ダウニーの「ローマ帝国」シリーズ）。一巻ごとに人物は新しい「嘘」に直面し、そのエピソードの終わりまでに解決せねばなりません。「嘘」は前の物語とはまったく別のものでもよいですし、前の巻までの内容に沿って作ってもかまいません（例：『マイティ・ソー』第一作目はポジティブなアークで「真実」を設定し、第二作目以降のフラットなアークの基盤を作っている）。一冊で完結するストーリーと感覚的には同じです。

シリーズでずっと物語が続く場合のキャラクターアーク

シリーズ全体にわたって物語が続く場合、全体を一冊と捉えてアークを考えたくなるでしょう。重要な節目をどのように配置するかを検討しましょう（前に述べたとおりです）。一冊で完結する本との違いは、タイミングの間隔が大きくなることだけです。

三部作全体でアークさせる場合

三部作は三幕構成と構造が似ており、全体のアークが比較的作りやすいです（第一幕は「嘘」を信じ込んでいる不遇の時期、第二幕は「真実」に気づいて「嘘」を脱却する時期、第三幕は「真実」を得て新しい力を発揮する時期）。『スター・ウォーズ』旧三部作を見るとよくわかります。

ただし、三幕構成の基本パターンでは、第二幕が他の幕の二倍の長さがあることに注意しましょう。「三部作の第二巻だけ、他の二倍の長さにせよ」という意味ではありません。第一巻が第一幕、第二巻が第二幕というように単純に割り当てられない、という意味です。第二幕は第一巻の四分の三あたりで始まり、第三巻の最初の四分の一あたりで終わります。それでも人物の成長や変化のタイミング（と全体的な構成）を調整するのは比較的簡単です。

四冊以上のシリーズにわたってアークさせる場合

基本は同じですが、全体の中でスムーズにアークが推移するよう、調整に工夫が必要です。

三幕構成は全体を四等分して作りますから、シリーズが四巻で完結するなら考えやすいです（第一巻が第一幕、第二巻が第二幕前半、第三巻が第二幕後半、第四巻が第三幕）。続編が増えるほどタイミングやペースが複雑になります。

――おまけのヒント：シリーズものでキャラクターアークにさらに深みが出せる

ここまでは単純でした。キャラクターアークをシリーズ全体に引き延ばすか、一巻ごとにアークを作るかでしたから。でも、もし、その両方ができるとしたらどうでしょう。

シリーズをとおして物語が続いても、各巻ごとに独自の結末が必要です。始まり、中間、終わりの三幕で、最初にドラマ的な問いを出し、最後に答えを明かします。シリーズ全体のメインプロットとキャラクターアークを継続させながら、各巻に独自のものをもたせることも可能です。

その場合、キャラクターアークをどうすればいいでしょうか。

たとえば、三部作全体で「私は臆病だ」という大きな「嘘」を基本にアークを作るとしましょう。人物は三部作の最初から最後まで「嘘」と格闘し、「勇気を出すのは自分次第」という「真実」を学びます。これだけでもじゅうぶんですが、さらにパワフルにするには追加の層を重ねて深みを出しましょう。

シリーズの各巻は全体のアークを構成するブロックのようなものですが、それぞれ独自に小さい補助的なアークが作れます。一巻ごとに小さな「嘘」を設けて小さなアークを作り、最終的に全体を覆う大きな「嘘」の克服に貢献させるのです。第一巻で「勇敢な行為をするのは社会的に定められた人々だけだ（例：警察官）」という小さな「嘘」を取り上げるなら、第二巻の「嘘」は「恐怖を感じれば臆病になるのは当然だ」という「嘘」。

第三巻の「嘘」は「知らないふりをすれば勇敢な行為をしなくて済む」など。ただし、第三巻は全体を貫く「嘘」をクライマックスに持ち込むところですから、うまく流れを作りましょう。

キャラクターアークはシリーズものの作品に印象的な鮮やかさを添えます。ペースやタイミングの調整は必要ですが、テーマや人物像は計り知れないほどパワフルになります。ぜひ、キャラクターアークを生かしていただきたいと思います。読者はきっと喜んでくれるでしょう。

以上でキャラクターアークのお話は終わりです。アークは物語創作のセオリーの中でも魅力的な側面です。ここまでの内容を楽しんでいただけたなら、ぜひ、今後の創作にも生かして下さいね。素晴らしい主人公にふさわしいストーリーを書くために、まずは読者の心に響くアークを作ること。あとは読者にゆだねましょう。あなたの本を手にとった人たちに、驚きや興奮、涙と笑いの感動が届きますように！　書き手にとって「キャラクターアークの作り方」はいつも気になる課題の一つ。ポジティブ、フラット、ネガティブの三種のアークをマスターすれば、どんなストーリーを書く時も腕に自信をもって臨めます。

参考文献

『性格類語辞典』アンジェラ・アッカーマン／ベッカ・パグリッシ著、滝本杏奈訳、フィルムアート社

Bell, James Scott, *Write Your Novel From the Middle* (Compendium Press, 2014)

Bernhardt, William, Perfecting Plot (Babylon Books, 2013)

Gerke, Jeff, *Plot vs. Character* (Writer's Digest Books, 2010)

Hauge, Michael, *Writing Screenplays That Sell* (Collins Reference, 2011)

Lyons, Jeff, "A big-city cop moves to a small coastal town…," (*The Writer*, September 2013.)

McCollum, Jordan, *Chacacter Arcs* (Durham Cress Books, 2013)

『ストーリー　ロバート・マッキーが教える物語の基本と原則』ロバート・マッキー著、越前敏弥訳、フィルムアート社

Morris, Roz, *Writing Characters Who'll Keep Readers Captivated* (Red Season, 2014)

Phillips, Melanie Anne, Huntley, Chris, *Dramatica* (Write Brothers Press, 1999)

Schmidt, Victoria Lynn, 45 *Master Characters* (Writer's Digest Books, 2011)

Sicoe, Veronica, "The 3 Types of Character Arc—Change, Growth and Fall," <http://www.veronicasicoe.com/blog/2013/04/the-3-types-of-character-arc-change-growthand-fall/>

『神話の法則　ライターズ・ジャーニー』クリストファー・ボグラー著、岡田勲／講元美香訳、ストーリーアーツ&サイエンス研究所

Williams, Stanley D., *The Moral Premise* (Michael Wiese Productions, 2006)

訳者あとがき

アメリカの映画館で『ミリオンダラー・ベイビー』を観た時のことです。私は自分がこのストーリーの何に感動したのかわからず、しばらく茫然としていました。貧しい女性がボクシングに命をかけたことや、彼女が尊厳死を選んだことが心に響いたのではないような気がして、ぽかんとしたのです。

じゃあ、私が感動したのはクリント・イーストウッドが演じたトレーナーのほう？

私はフランキーのアークを考えました。彼はとても頑固でしたが、最後に若い選手の望みを聞き入れます。もし、彼が私の父親だったなら……という思いが重なった瞬間、私の身体は波打つように震え、目から涙があふれ出しました。嗚咽が止まらないまま映画館を出たのは、この時が初めてです。

「キャラクターを葛藤させ、アークさせなさい」とはハリウッド映画脚本術の授業で必ず言われる基本です。『ミリオンダラー・ベイビー』が公開された二〇〇四年は、私がハリウッド映画脚本術の授業の通訳を始めた年。以来十五年間、私は毎年、キャラクターアークについて日本の学生さんたちに伝え続けてきたことになります。

本書『キャラクターからつくる物語創作再入門（原題：Creating Character Arcs: The Masterful Author's Guide to Uniting Story Structure, Plot, and Character Development）』は著者K・M・ワイランドさんの創作指南書第三弾ですが、原書が二〇一六年に出版された後、日本の読者の皆さまにお届けするまでに少し間が空いてしまいました。

なぜなら、授業で十五年間伝え続けても、アークの概念が日本に浸透する気配がいっこうにないように思えたからです。アーク（arc）という英単語は半円形の「弧」を意味します。それが変化とどう関係するのか理解しづらい面もあったでしょう（A地点から投げられたボールが放物線を描いてB地点に着地する様子を想像していただくとよいかもしれません）。映画の人物のアークに感動して嗚咽し、アークの大切さを説くお手伝いをする一方で、私は「誰もアークをわかってくれない」という「嘘」を信じ込んでいたのだと思います。

僭越ながら、それぞれの書き手の心の中にも、かたく信じ込んでいる「嘘」があるのではないかと思います。最初に立てたプロットに執着し、そこから離れられない時。誰かから「葛藤とアークが足りない」と言われて、どう書き直せばいいかわからない時。プロット上のある局面の展開に対していやな感情が起きるか、逆に、まったく感情が起きなくて、筆の勢いが止まってしまう時。そんな時は書き手の心の中の「嘘」が揺さぶられ、本当に表現すべき「NEED」への気づきが促されているのかもしれません。

本書の第一章は「人は変化を嫌います」という文で始まります。読み手の人生観を変えるほどの物語をつくるには、書き手自身がまず、居心地のよい「普通の世界」から出なくてはならないのでしょう。

怖いけれど、その冒険を求めるからこそ、私たちは物語をつくろうとするのかもしれません。

私が「嘘」を払拭し、人生を変えることへの怖さと真剣に向き合い始めたころに、フィルムアート社の編集部山本純也さんから本書の翻訳のご依頼をいただき、本書を訳し終えることができました。「本書の刊行を機に『キャラクターアーク』という用語を定着させたい」とのお言葉が力強い励みとなりました。また、本書の企画から制作まで、フィルムアート社の皆さまをはじめ、多くの方々のお力添えをいただき、日本初の「キャラクターアーク」の専門書を送り出すことができました。深く感謝申し上げます。

「この主人公はポジティブなアークだね」「このシリーズのヒーローはフラットなアークだから、どのキャラクターに変化をさせようか」といった対話が日本の現場でも増えれば、物語創作は楽しく具体的になるでしょう。ストーリーを語ることは人生を語ること。語りのツールの一つとして本書をご活用いただけましたら、この上ない喜びです。

二〇一九年二月二十五日

シカ・マッケンジー

〈著者略歴〉K・M・ワイランド（K. M. Weiland）

アメリカ合衆国ネブラスカ州西部出身、在住。IPPY、NIEA、Lyra賞受賞。創作指南書『アウトラインから書く小説再入門』、『ストラクチャーから書く小説再入門』（フィルムアート社）や『Jane Eyre: The Writer's Digest Annoted Classic』が翻訳出版されている。自身のディーゼルパンク・アドベンチャー小説『Storming』や中世歴史小説『Behold the Dawn』、ファンタジー小説『Dreamlander』なども高い評価を得ている。ブログ「Helping Writers Become Authors」やフェイスブックやツイッターでも情報を発信中。

〈訳者略歴〉シカ・マッケンジー（Shika Mackenzie）

関西学院大学社会学部卒。ロサンゼルスで俳優活動後、日米両国を拠点に翻訳、通訳、演技指導や脚本コンサルティングをおこなう。訳書に文化庁日本文学普及事業作品『The Tokyo Zodiac Murders』（英訳、共訳）、『魂の演技レッスン22』、『〝役を生きる〟演技レッスン』、『新しい主人公の作り方』、『人気海外ドラマの法則』、『ヒロインの旅』、『工学的ストーリー創作入門』（フィルムアート社）ほか。

キャラクターからつくる物語創作再入門――「キャラクターアーク」で読者の心をつかむ

２０１９年３月25日　初版発行　　２０２４年３月25日　第５刷

著者　Ｋ・Ｍ・ワイランド
訳者　シカ・マッケンジー
発行者　上原哲郎
発行所　株式会社フィルムアート社
〒１５０-００２２　東京都渋谷区恵比寿南１-20-６　第21荒井ビル
電話０３-５７２５-２００１　ファックス０３-５７２５-２６２６
http://www.filmart.co.jp/

日本語版編集　山本純也（フィルムアート社）
ブックデザイン　長田年伸
印刷・製本　シナノ印刷株式会社

　ISBN 978-4-8459-1822-5　C 0090